安 放

王小妮 著

 开明出版社

图书在版编目（CIP）数据

安放 / 王小妮著 . -- 北京 : 开明出版社 , 2019.3

ISBN 978-7-5131-4636-4

Ⅰ . ①安… Ⅱ . ①王… Ⅲ . ①散文集－中国－当代

Ⅳ . ① I267

中国版本图书馆 CIP 数据核字 (2018) 第 120067 号

责任编辑：卓玥

安　　放

著　　者：王小妮

出　　版：开明出版社

　　　　　（北京海淀区西三环北路 25 号　邮编 100089）

印　　刷：北京亚通印刷有限责任公司

开　　本：880×1230　1/32

印　　张：9

字　　数：180 千字

版　　次：2019 年 3 月第 1 版

印　　次：2019 年 3 月第 1 次印刷

定　　价：42.00 元

印刷、装订质量问题，出版社负责调换。联系电话：(010) 88817647

目　录

柏林没有墙了

　　柏林那道令人恐惧的墙没了，这早已经不是新闻，谁都知道的。有关柏林墙的这页历史和任何大事情一样，断然无情地被时间翻过去。

　　我和徐敬亚去德国是二○○一年夏秋，主要住在南部，远离柏林，开始也没有特别地想到柏林墙。提示了我的是一场小型演出，不是在剧场，选在一个半弧形的长廊里，在周末的晚上，演出带实验性，新闻记者多得几乎和观众对半。剧情大致是两对男女纠葛在一起的感情冲突，我根本不知道他们在讲什么，只是眼花缭乱地看到这个男的跑过去安慰那个女的，这个女人在追逐抱怨那个男的，铿锵的德语，最后，地上洒落一片被撕碎的红玫瑰花瓣。剧中人痛苦地呼喊，而我只是夹在观众中看热闹。唯一能直接触动我的，是由一部幻灯机打在长廊最深处墙壁上的影像，它始终作为全剧的贯穿背景，不断地重复着柏林墙的倒塌：狂喜的人爬上勃兰登堡门，人的身体拳头，大铁锤，撬棍，起重机，七零八落中的激昂。整场演出，只有这个我看得懂。

共产党宣言里怎么说的，凭国际歌在世界任何角落都能找到兄弟？我又看到了惊心动魄的柏林墙。

大约过了一个多月，我们离开南部沿西侧向德国的北方走。那一天坐火车从北部著名的中世纪小城吕贝克转向东，很快发觉窗外的景色不一样了，土地不再大片的油绿，有杂草有杂木丛林，断断续续有荒芜的地块，久不住人的老房子，每到一个火车站都能见到废弃了的库房，玻璃碎了，满面灰尘，站台上有简易的硬塑箱，不同于其他城市的铝合金垃圾箱。很少行人的小镇偶尔见到老人骑那种旧款的自行车，有人居住的窗口并不像典型的德国人家，摆满特别艳丽特别茂盛的花，也有些花，疏疏懒懒的，不知道是养得不用心，还是品种不同。

这一切反而使我感到熟悉和亲切，湿润泥土深处特有的猩香的风味，让我想到中国辽阔又疏于管理的北方原野。就在那几天，德国北部空旷的天空上出现了排成人字的大雁群，这是我三十年来第一次再见到大雁飞过头顶。

当时，我们虽然随身带了一本相当厚相当详细的德国地图，但是它是新版地图，没有东西两个德国的概念，我们只能推测，这一定是到了东德。后来回到家里才知道，刚过吕贝克就进入了原东德地区。

我们先向东又北上，到了德国最东北角的旅游地吕根岛。吕根，德国人的发音更接近黑根，我们在斯图加特认识的芭比女士就生于那儿，她听说我们去了她家乡先是兴奋，然后不断摇头，我们自以为理解了她摇头中的复杂含意。

上岛前，在叫施特拉尔松德的小城换车，有一个多小时的空余时间，我们跑去想看看它的市中心。在车站附近见到几个行色匆匆的人，然后就不断穿过空巷，两侧几乎都是空置无人的房屋，大约十分之一有住人的痕迹。有些空屋玻璃上贴着大幅出卖广告，有些院子中间的荒草生长得气势非凡，许多墙壁门窗都有破损，剥落了的外墙，露出朽的木料。一路上没见一个人，我们开始怀疑走错了路。很快就看到了城中心广场，有棵大树，有间灰暗又极简朴的教堂，三个老年人默默坐在树下喝咖啡，空旷的广场特别聚拢声音，被我们惊动的老人缓缓转头又缓缓返回原有的姿势。我看到的施特拉尔松德简直是一座死城。

后来，我问过留学生：人呢？

回答是：都跑到别的地方了。

为什么？

因为别的地方有工作。

由吕根岛去柏林，车窗外的景致大约相同，杂乱的树林更浓密，遮住了并不明朗的日光。这是个周末，车上的人略多，坐在我们对面的是一对五十岁左右的男女，一直望窗外的景色，很少交谈，即使见到他们交谈，也听不到交谈的声响。穿着讲究的女人并不掩饰表情，她总是脸侧向窗外叹气，而那男人，表情凝重。

柏林是我见到的最不像德国的德国城市。它肮脏、纷杂、喧嚷，好像是被现代大都市气息给弄的。半废墟的威廉纪念教堂下面，常常有街头摇滚乐队逗留，常常有很大的公厕气味。同时，从这个原属西柏林的位置能感到这城市饱藏着某种不好判明的生气。

在旅游局取了中文柏林地图，我们搜索这个大城市可以看的地方，我马上看到"查理检查站展览馆"，地图上有注明：以柏林墙为展出主题。某区某街某号，每天九点到二十二点开馆。

我们搭地铁去查理检查站展览馆，在站台的小书报亭前惊奇地发觉一个太熟悉的面孔，有人手里拿着的毛泽东头像，是一本期刊的封面，我赶紧过去，摆放在橱窗玻璃后面显眼位置还有完全相同的另一本。

那是我们向正前方向高处仰望了多少年的一张脸，他占据了整个封面，和记忆中一样红光满面。我只看到 2001，9，这几个我认识的数字，英文还是德文都来不及辨认，车已经来了。我们去看"墙"的那天，是九月四日，毛泽东离开这个世界将满二十五周年。

查理检查站展览馆分两个部分。

设在街心的查理检查站，是在道路中间平地而起的一座几平方的简易建筑，现在看像间玩具屋似的，但是，这"玩具屋"前堆了接近一人高的沙袋。正对检查站，立有一个高大的标牌，两侧各有一个巨幅的全副武装的军人半身照片，胸前佩戴各式功勋章，一侧是苏联军人，背对的是美国军人。两个绝对端庄严肃的职业军人各自面向东西柏林，象征着他们曾经的职责。自一九六一年九月二十二日起，这里是东西方"冷战"的最前沿。剑拔弩张之地。美国和苏联，这两个自一九四五年后德国的强大占领者，在检查站两侧部署坦克士兵，荷枪实弹日夜对峙。

曾经在西柏林一侧，有美军设立的标志牌："你已离开了美国管辖区"。

查理检查站哨所在一九九〇年六月二十二日被完全摧毁，十年后，二〇〇〇年八月十三日重建。据说它完全保持了原貌，包括涂成白色的小屋中所有摆设，包括卫生用品和电源管线的埋设。

这间孤立于街心的著名检查站前游人很多，想拍照要耐心等待。

展览馆的另一部分，是临街的三层小楼。有德国青年学生这么形容它："在废墟中，一个协会办了个小小的博物馆，回忆成功的和失败的越墙逃亡行动，那是一个阴沉的地方，一个混合着各式各样的啤酒瓶盖，发黄的报纸碎片和上面刊载着悲剧的大杂烩。"

这是一家私人机构，像进入一个普通德国人的家，每个展室空间都不大，比起重视展览馆文化的德国国家机构它实在局促，但是，每个进入者都会惊叹，这里集中了多么沉重而不同一般的"大杂烩"。

柏林墙，我原以为我对它够了解，老远跑来看展览，不过是重温，不过是来柏林的一路上惊讶于东德西德原来还存在这么明显的差异。仔细看了墙展，才感觉人们对一件事情了解的局限是绝对的，大大小小的苦难和幸福，亲历者都没可能完全体会，何况旁观者，何况柏林墙这样巨大的事件。这里照样可以引用列宁的话：忘记过去，就意味着背叛。

可惜展览馆不允许拍照，展出的实物很多，有多部电视机在各个角落播出有关墙的影像资料。我们事先没有预想到在这个不大的地方转了几乎一整天。徐敬亚去把每种逃亡过程的影片都看了。回到斯图加特我们的住处，他居然根据记忆，把不同的逃亡细节全画到纸上。

表面上，整个展览注重展示逃亡。这些逃亡可以细分为三个层面：通过地面，通过天空，通过地下。

人啊，调动了他的一切潜能，全部聪明智慧全部冒险冲动：

A. 迎着哨兵子弹直接越墙冲关。

B. 伪装成行李公然捆扎在汽车顶部蒙混过关。

C. 把汽车发动机改装到车后厢，在前厢里藏身。

D. 孩子被强塞在不可能引起怀疑的最小码行李包里。

E. 改造电缆，在它的轴芯里藏人。

F. 从四楼窗口把婴儿抛向西柏林。

G. 日夜不息几家人联手挖地下通道。

H. 自制各种潜水机械潜过河。

I. 利用滑轮从高处空降孩子。

J. 自制热气球，飞行器，滑翔机。

逃亡者用过的实物，手电，钳子，改装汽车，旧降落伞，油灯铁铲，各种自制机械，塞满不大的空间，还有照片上被射杀者们的尸体、墓碑和血迹。

不逃亡不会死，但是有人毫不犹豫选择了逃亡。

死或者活，在荷枪实弹下逃亡，活着的胜算并不大，但是他们宁愿冒险。一九六一到一九八九的二十八年间，直接死于想越过柏林墙的有一百七十六人。

看了墙展，我感觉越过它，已经不是信念，在那二十八年里，它逐渐成了人的本能。

人这种动物，他究竟肯为自由付出多大代价？

一堵墙，曾经不可逾越的，一瞬间说倒就倒了。

展览馆楼上有通向室外的小阳台，我出去透风，恰好有一伙人在下面的检查站小屋前拍广告。四个穿艳丽紫色紧身西装的高大小伙子，脸都涂成银灰色，提着大码的黑皮包，飞一样来回穿梭过白色的检查站，色彩啊跳极了撞极了反差大极了视觉上好看极了。亏他们能想到来这地方拍广告。

展览馆出口就有"墙"卖，最小块的，比拇指指甲大一点点，要五点八九马克，差不多二十四元人民币，有人怀疑它是真的，的确，任何一块水泥碎块涂抹几道油彩都可以自称柏林墙。两块大墙，高约五十公分，宽二十多公分，标价三千六百马克，试了试相当重。

柏林墙的早期是铁丝网，逐渐改造成为最后那道高四米满身涂鸦的水泥板，又荒诞地由最恐惧最不可逾越的铁幕快速成为供人收藏的艺术品。从结果到结果，这之间的过程在今天看来似乎并不复杂。

一九六一年八月十二日的傍晚，在东德统一社会党总书记夏布利希的郊区别墅里，建墙以"玫瑰行动"这样优雅动听的名字通告给了到场的东欧领导人。在这时候，还有六万东柏林人每天过关去西柏林工作，此前的逃亡从一九四五年起，没有过间断，到一九六一年，两百多万东德人成了西德人。曾经有东德领导人同意给想离开的发放通行证，他们"天真"地以为那些有产阶级走了，留下来的将是坚定又可信赖的无产阶级。仅仅一九六〇年，就有十五万人通过八十一个哨所进入西德。

一九六一年八月十二日夜里，一百多吨铁丝网运到"墙"下，经计算还缺少三百多吨，立即决定由罗马尼亚紧急进口。凌晨一点，两德边界照明灯熄灭，运送铁丝网的军车到达，很快，八十一条通道关闭了六十八个。八月十三日的早上，太阳照样升起，柏林人从东西两侧同时看到了"墙"。后来，它延伸封闭了整整一百零六公里。八月十四日，勃兰登堡门关闭。从此，柏林城中有一百九十二条大街被拦腰切断，"墙"的出现使柏林市中心出现了四十多公里长，三百米宽的空旷地带。一九八九年一月，"墙"倒塌前十个月，当时的东德领导人昂纳克说：这座墙在以后五十年或者一百年也会继续存在。就在这同一年，它不仅倒了，还仿照破碎斑驳的"墙"，制成一个精致的微缩断壁，作为统一自由德国的象征，给英女王伊丽莎白二世作生日礼物。变化实在来得过于快了。

离开查理检查站展览馆，我们沿着被保留下来的一小段柏林墙走，它已经不能随意接近，有约两米高的铁网隔离开行人，大量无名艺术家的涂鸦都在那些兴奋过度的日子里被"自由向往"所破坏，我们看到的只是一些被敲凿成千疮百孔的水泥拼板，有些地方已经凿穿，暴露出弯曲的钢筋，印象最深的一处，凿出一个人形，正好够一个成年人来来回回不断穿越。徐敬亚总想最接近那堵墙，他想试试它有多高。我说四米，他还是不甘心，总想试试这堵墙所代表的四米。

一些旅游车路过，却不停车，只是缓缓减速慢行，让游人欣赏它。

世界上有少数几件东西，人们拿它没办法，只能心服口服只能五体投地，无论情感怎样，必须承认它的纯粹厉害，连后人也只能感叹也别想质疑它。比如现在这个四月，美国军人快速打击萨达姆政权。人间并不多的厉害之一就有柏林墙。

看过了"墙"再去看柏林，总感到它是支离破碎的。墙没了，空旷地带还在，东半个城区有个别建筑还裸露着断壁，有人把墙消失以后出现的空地称作"欧洲最大的工地"。坐车出勃兰登堡门向东走，经过一站一立的马克思恩格斯二人像，那是中国游客最爱照相的地方，再向东越走越寂静萧条，有许多中国人熟悉的苏联式水泥板楼。

在德国有人形容境内的土耳其人：当初，我们要的是劳动者，但是"人"来了。

四十年代后期，战争使德国的男人骤减，只好允许土耳其人入境担任最繁重肮脏的劳动，没想到他们来了就不再回去，成家立业生儿育女，造成一些社会问题。就在这种时候，"墙"一夜间倒了，一千六百多万东德人可以自由出入于封闭了四十四年的界限，虽然都是日耳曼民族，但是这是完全不对等的融合，工作职位社会福利都是有限的。曾经，一个冒死逃亡者落地西柏林，他受到的是英雄式的拥抱欢呼，这些镜头在"墙"展里仍旧激动人心，但是现实已经变了。摆在德国人面前的是紧跟着自由蜂拥而来的东德人，事情不是合二而一那么简单。

从墙的倒塌起，再没有什么东西让所有德国人耿耿于怀，同仇敌忾，四十四年中形成的差异很难在短期内变成同心同德。有一个外国人说：这儿不再东西对峙，却依然南辕北辙，它是个搞不到一起的历史半成品。

一九九九年，德国公布的官方数字是：十年间对于原东德地区的拨款，每年一百亿马克用于公路，一百亿马克用于铁路，一百亿马克用于电话网络。十年里，东德地区的私营企业家由起初的一万名增加到五十万名，汽车由三百九十万辆增加到七百万辆，电话由一百八十万部增加到八百万部。巨额开支使原西德人要付出更多的税款。仅仅一九九八年这一年，柏林市的文化预算就是十亿美元，即使这种投入，在柏林街头仍旧感觉它还有太多的事情没做，千疮百孔的地方随处可见。何况有些东西即使是钱也难以改变。

离开柏林我们经过了德累斯顿，它的中心火车站广场成了一片工地，正在拆除列宁纪念碑，易北河边黑暗的宫殿都在等待维修。而莱比锡火车站附近的建筑让人想起中国一九六七年武斗过后的狼藉。

东西两边的一部分人，沿袭着惯性，继续吸着不同的香烟，喝不同的酒，看不同的电视节目，读不同的报纸，那座四米高"墙"还无形地隐隐存在。这哪里是当初欣喜狂奔的人们可以预料的。

柏林墙倒得太仓促，来不及销毁的东德安全部门卷宗遗落世间，有人形容这些曾经绝密的资料，暴露了人在专政制度下的屈辱、低贱，胆怯和卑微。谁会乐于和多年来潜在暗处对自己的生活窥视告密的人待在一起？直接死于墙的人以百计，而多年里受到"墙"的荫蔽恩惠者却以几十万计，这些人的突然暴露显现又带来更深更长久的内心嫉恨与咄咄不安。

二〇〇一年的九月十一日，我们还没回国，从电话里，从网上知道了纽约发生的事情。第二天起床，发现窗外飘着德国国旗，美国国旗，巴登符腾堡州州旗。

世贸中心废墟的现场图像我们是在街头电视上见到的，它只持续了几分钟，就有一个德国人跑过去按键换频道，屏幕上出现股票一路向下的 k 线图。后来我们注意到，德国公众冷静甚至有点木然，他们停在电视屏幕前多数在关心当日的股票即时行情。

九月十四日，是全德国降半旗悼念日。下午，我们去斯图加特市中心广场，见到有人从窗口收卷巨幅旗帜，许多黑丝带迎风飘拂，街头艺人在地上用彩色粉笔画圣婴伸手向空中接一张降落中的一万元纸币，喝咖啡的人和往日一样悠闲，一个年轻人靠在一家瑞士刀专卖店橱窗下面，用一只小横笛吹奏《斯卡布罗集市》，让人想起好莱坞的《毕业生》。

我始终没有弄清，德国人是天生就这么宁静，还是经历过了一九四五年，一九八九年，他们更加沉思而寡言？

在德国最南端进入阿尔卑斯山区的小城菲森，去新天鹅堡的路上，我们坐一个老人赶的马车，他的毡帽上别满了各种各样列宁或者镰刀斧头或者红旗的纪念章，高头大马转弯时我听到他用俄语夸他的马说：好！用的俄语。在二十世纪的六十年代末我们全是要学俄语的。而在科隆大教堂前，两个正表演一个缓慢协奏曲的艺人看到我和徐敬亚向他面前的小盒子里放了马克，其中那个拉手风琴的年轻人突然快速又极热情地转向我们，几乎是跳跃着奏起了《喀秋莎》，围观者随着节奏鼓掌。难道东方人的面孔就一定热爱苏联的歌曲？如果，这种判断和对乐曲的投入全同演奏者自己有关，可是看他只有二十几岁，即使来自苏联，来自原东德，那个旋律也只能属于他的父辈而绝不是他本人。

临离开德国，我们在南部城市奥格斯堡遇到了雨，避雨的时候看见一家花花绿绿的儿童玩具店隔壁是一间主题酒吧，门口张贴着大幅的切·格瓦拉，那张著名的红黑相间头像。

有个德国朋友说：切，你们知道他吗？现在他在德国很红啊！

我们说知道，在中国他也很红。

德国人有点惊奇地看我们。

切·格瓦拉，这个为游击而生的家伙，我第一次见到他，是一九七五年，他的传记在中国以内部参考书形式出版，扉页后面就附着他的尸体在担架上的照片。就是这个格瓦拉，用他的头像制成的纪念品今天遍布欧洲。在马克思出生地德国的特里尔城，买各款格瓦拉的纪念品容易，马克思却品种单一而且少见。

一个十九岁的中国学生刚到德国说：这里的人真壮啊，任何一个德国女孩都能打趴一个中国壮汉。过了十天，他的说法变了：这里的人太散漫了，一个中国女孩恐怕能战胜他们一群男人。

柏林墙倒了，当初它只是起强行阻隔作用，谁会想到一堵墙涉及的问题会有这么复杂。造墙用时一夜，拆墙用时一夜，而由"墙"带来的"墙思维""墙空虚""墙依恋"却久久不散。

我记录下来我所看见的，还有偶然了解到的和"墙"相关的事情。

　　今天想到它，我仍然能感到后怕，谁敢轻视那段曾经有过的"墙"就犯下对生命的无可补偿的罪过。

画家埃贡·席勒和维也纳"疯子院"

二〇〇一年的夏天，在奥地利一家博物馆专卖店看到精装本的埃贡·席勒画册，马上买下来，好像把它立即抱在手上才能踏实。画册很厚，又是德文版，我一贯怕带行李，明知道提着它到处走最后再带回中国很不方便，可这些都挡不住我得马上抱着它。

从第一眼看见席勒的画，就喜欢他笔下那些有点东方白描味道的惊恐得近于精神崩溃的人物。

人们都知道金色大厅，好像维也纳的音乐是多么多么有盛名和代表高雅，其实，奥地利的绘画同样辉煌。

二十世纪八十年代初期，作为维也纳分离派的代表人物克里姆特被介绍到刚刚开放的中国，当时我在念大学，看到了他的《吻》等一系列作品，那时期有相当数量的外来文学艺术"猛兽"一样冲开僵化封闭了三十年的中国大门，比如邓丽君比如马尔克斯，而异类画家席勒好像始终也没在中国红火过。

克里姆特被人称为奥地利最伟大的画家，他的一幅油画肖像最近以一点三五亿美元的拍卖价超过了毕加索，成为世上最昂贵的单幅绘画作品。现在他的画更多被房产开发商挂在样板房里充当背景墙，"装"的人多喜欢克里姆特，似乎这个画派就是这位了，而克里姆特曾经的学生埃贡·席勒不为普通人所知。

作为长辈和席勒的老师，当年的克里姆特在维也纳也曾经是争议人物，他为维也纳大学天花板创作的三幅作品《哲学》《医学》《法学》，完成以后，校方忽然宣布，出于道德原因，维也纳大学拒绝接受克里姆特的作品，虽然双方早签署了相关合同。一九四五年五月，德国党卫军销毁了这三幅被订制又被拒绝的画作。而克里姆特在后来的作品《真相》中，用他的学生埃贡·席勒的笔体，写下这样一段话："如果你不能以你的成就与艺术满足所有人，那么满足少数人吧，满足全部更坏。"和克里姆特的不公待遇相比，席勒受到各种质疑排斥和谩骂，远超过了他的老师。

仼何年代任何族群都不缺少天才四射又不被同代人认可的异类。喜爱绘画的席勒生于一八九〇年，十六岁时认识了克里姆特，是在一家艺术咖啡馆，随后他加入了维也纳分离派，开始向克里姆特学画。十八岁那年，他的作品和凡·高同时展出过一次，他的画被恶评为：肮脏，污秽，疯狂。即使后来，席勒作品的社会普遍声望也一直没有超过克里姆特，更没有超过曾经和他同样默默无闻的凡·高，虽然，他的才华绝不逊色于那两个家伙。

二十岁的席勒用他特有的眼光观察世界，他搬到一个小镇子上，注视眼神阴郁的神父，出入教堂的民众们，身上镶满花边的穿裙装的女人，拿着农具的农夫，把他们画下来。也许人的本性里有拒绝接受和自己不同的行为思想的排斥基因。很快，席勒被小镇上的居民以无视传统道德，投诉到了警察局，他被警察带走，关押了二十四天，在坐牢期间，他住处的画作被镇上人当众销毁。也是在这次坐牢的二十四天期间，这个二十二岁的年轻人在监室里画了十三幅作品。出狱以后，席勒立即遭到小镇市民的驱逐。一次大战爆发，一九一五年，席勒被迫应征去服兵役，成为一名最没有战斗愿望的陆军士兵。一九一八年大感冒流行欧洲，他被妻子传染，死的时候只有二十八岁。

席勒留给后来人的只有在各种不安的境域中完成的痉挛似的绘画，还不包括被销毁的，那些惊恐，瞠目，身体扭曲，眼睛空洞茫然的人物，对于一切智者哲人，一切自恃正确的人，只有置疑和蔑视：你是谁，你头头是道说的都是什么？在几乎所有人都把他看成一个情色画家的时候，就有人在给席勒的悼词中说：他在一个世俗的狭隘的宇宙中释放了他的全部能量。

据说，意大利有个著名的画贼，只盗窃席勒的画，其他画家他一概不屑。

席勒在世的时候经常出入维也纳大学精神病院，俗称"疯子院"，现在是维也纳大学深处一个僻静少人的博物馆。他去那儿搜集过很多素材。

奥地利人普遍抑郁低沉，不像中国满大街欢快愉悦或呼号啸叫的人。在萨尔兹堡火车站前广场，我曾经见到一个上年纪的老乞丐，夏天穿件长大衣，长皮毛帽子，在角落里坐着，端纸杯喝咖啡，那窟窿般的眼神，好像正思索人世间最重大而无解的问题。

有人说，神住在北方。我可不知道神经常待在哪儿。我生活在北方的那些年见过很多"疯子"。二十世纪七十年代末期的长春市朝阳区，有个喜欢上街聚众演讲的"文疯子"，白白净净戴眼镜，听说曾是师大的学生，"文革"期间疯的。他经常当街一立，滔滔不绝几小时，时间长了，培养了一批忠实的听众，他走到哪就跟随追逐，鼓动他讲一讲。几年后，那人不知道给弄到什么地方去了，有人说，去精神病院了。当时，我印象里的精神病院就类似监狱。

各种异类被集中关在一起，那地方叫疯人院。另一些人满心异想，遭所谓的正常社会冷眼，没被弄进去，也被认定在疯子和正常人之间，有被弄进去的危险。

奥地利的维也纳大学，是世界上最早的大学之一，建校在一三六五年，这里出过二十七个诺贝尔奖获得者，而这所大学曾经最负盛名的是它的医学院，有五位诺贝尔奖得主出自这所学院。"疯子院"就属于医学院。

它是维也纳大学最深处一栋圆形建筑，远看像座年久失修的城堡遗址，走近了看，在残破之外，还透出了幽闭阴森，真像一座监狱。这里现在是维也纳大学的医学博物馆，曾经的精神病院，当地人叫它"疯子院"。有人说，它是世界上第一座专业的精神病医院，精神分析大师弗洛伊德曾经在这里工作过。这座"疯子院"亲历了把精神病人当成罪犯到看作病人的人类病理学和人道主义的过程。

参观"疯子院"，仍旧能看到疑似监狱的痕迹，像堡垒的圆形建筑中间有一个不大的露天天井，站在那里只能看到头顶上的一小块天空，相当于监狱的临时放风区域。疯人院内部，都围成最小空间的单人病室，朝外开的窗都小，镶铁栏杆，厚重的锈。每间病室都是独立病室，四壁空空，极厚的房门上方留有一个小窗口，能往里递送食物和监管窥视。关在里面的疯子从那儿看到的只能是一只盘子或窥视者的眼珠。

在人们把精神病当作一种疾病以前，欧洲把精神病当作罪犯，等待他们的只能是监狱牢房和随意的拳打脚踢。维也纳大学医学院"疯子院"的出现，"疯子"才被集中送进来，接受治疗和研究。虽然前提是被剥夺自由，但这儿终究把他们当作病人，这已经是医学和人性的进步。弗洛伊德进入维也纳大学医学院读书是一八七三年，一八八一年获得博士学位，随后他提出了精神病人在生理病因之外的心理病因。

引领我来到"疯子院"的朋友说，现在"疯子院"除供人参观之外，它的顶层没有对参观者开放，依旧有科学家和大学生在那里工作，一位科学家从事研究的课题是：人为什么要对另外的人实施虐待。

看了"疯子院"的设施和曾经对病人的管理，欧洲人曾经做的和我所知道的中国没多大区别。人们不能容忍一个人和自己不一样。过去，中国人对那些完全失去理性的疯子，可以任意戏弄侮辱，如果他是"武疯子"，人人可以动手打他，等疯子被制服倒地出血，才有人劝说，理他。一个疯子，交给派出所处理去。现在，打疯子的事少了，该打的该出气肯定不是这些智力障碍者，另外，人们都变得很忙，挣钱更重要，顾不上戏耍疯子，任其披头散发衣不遮体在大街上自由游荡。

秋天的维也纳忧郁和低沉，树开始落叶，电车叮叮当当过去，旅游马车的马蹄声清脆地磕打石块铺成的路面，生活在寒带的人容易陷入对终极问题的追问和烦恼，想明白和想不明白的人都可能成为疯子。

人们已经快忘了，一百年前，经常来疯子院的一个叫埃贡·席勒的年轻的画家，他总来观察和画这些疯子。

关于疯子，是人类至今也没有明白的领域。事实上，任何一个领域，人们都想把它完全搞明白，又都没能力明白。时间也在不断宣布：过去的明白只是一种误解或者过于浅显表面的或违背人性的领会。

没有什么是能通过思索而明白的。我们能接受和理解的就只是现实，只是我们眼睛所见和直接的感受，惊恐或者温情，我们每一个都是徘徊某个界限内的迷失者，是被席勒涂抹在纸张或画布上的一些和别人不一样的人。席勒死了，"疯子院"快成废墟了，人们买卖或者偷盗声名渐起的画家席勒的作品，不怎么关心这个人本身，更主要的原因，是人们喜欢赚钱，喜欢看来高雅的投资，喜欢主流，不被人看成疯子。还有些人总想把他不喜欢的人逐出人群，弄进精神病院之类，就因为，这种人的行为与多数人不一致，比如现在，我书架上的这本从维也纳抱回来的画册上的人物们。

鸭绿江的另一边

我们过鸭绿江

二〇〇二年的五月二日上午九点钟，中国的东北部晴朗，
我们过鸭绿江。

中国公民赴朝鲜旅游停办了两年，在二〇〇二年四月二十
七日重新开通。为应付突然涌到辽宁丹东的大量游客，这个城
市临时征用了几十辆市内公交车。一早，沿鸭绿江的路堵满了
临时编号的汽车和穿行其间的旅游者。我也在喧闹中间。我们
被告知，去朝鲜要备上足够的饮用水和熟食品。因为带了从小
吃肉长大的儿子，我必须去买四日旅程中的补给。游走在人车
之间的还有叫卖铅笔香口胶的，据说过境后可以作为礼品赠送
给朝鲜孩子。中方导游向大家宣布了许多条"纪律"，主要是
过了江不能乱说话乱走动。导游有点幽默，说不要跟朝鲜人讨

论改革什么的，他们听不懂。

不是雄赳赳气昂昂过的江。大铁桥黑滚滚。俯瞰江心，各式装扮花哨的游船很缭乱，有的飞驰有的悠闲，在浑浊江水里横竖穿行。远处，与我们并行了一段的，是另一条被炸断五十年的鸭绿江断桥，它又黑又锈留在原地，提示着人们，过去这里有战事。

咣荡咣荡，车上的人规整他们临时买来的火腿肠方便面，所有人带着食物过江。我们将从北纬四十度的丹东，向南，到朝鲜首都平壤停留，然后再向南，到北纬三十八度的朝鲜与韩国交界的军事禁区板门店。

车轮从鸭绿江桥另一侧落地就是另外的景象，空旷寂静清洁，天和地突然又平又扁，摊得很开，是另一种天地了。临着江边，有几件色泽暗淡的游乐设施，没见一个人，有树。

很快，我注意到的第一个人，是路中心笔直站着的朝鲜新义州市交通警察，男的，正为我们这辆车指方向。身材瘦小，手臂伸得很直，手的延长部分是红白相间的指挥棒，一根有点笨拙的油漆木棒。艳蓝的制服扎腰带，把人扎得更干瘪。他的站立以及周围背景明显地缺了点什么，显得有点奇特有点突然。很快到了平壤，又看见女交警，才发觉朝鲜没红绿灯，没岗亭，没安全岛，没太阳伞，警察举着根指挥棒，挺宽的路中间画了一个白圈，她就站在圈中心。路上空荡荡的，只有我们这一辆车。

依然是右侧通行，我被那似乎还留有遥远记忆的一根油漆木棒指引着，进入了另一些人和他们的世界。

特殊的行进

火车进入朝鲜的腹地，几乎没见车，乡间有牛车，很大的木轮。朝鲜人多数在步行。

那是一种很难形容的特殊行走，怪异又陌生。这感觉在进入首都平壤后更强烈，我仔仔细细地想，究竟是哪儿不对。只能隔着车窗玻璃看到的那些矮瘦的朝鲜人，他们的走究竟有什么不同？

那是他们全民特有的行进姿态和节奏。绝没有交头接耳，没有前呼后应，没有左顾右盼，没有嬉笑玩闹，每个人都是完全孤立严肃的，正是由这些单个个人的东西南北行，构成了无限庞大的一个行进集体。

人人向上扬着几乎没有表情的、农民般褐红的脸。不是散步又绝不是奔跑，只是朝着他的正前方，急促，一往无前。他们把四肢摆动得相当明显，步伐大，特别是双臂，看上去有点夸张地大幅度用力，像双桨深陷泥沼以后，急于划水求生一样。我从来没见过平民有这种走法，而且举国上下人人如此。好像无论谁无论往那个方向，目的地必然是同一个，它相当远相当神圣，必须以这个走法才可能勉强接近。衬托和夸张了这种行走的还有太空旷的街道，灰色高层建筑，极少街树，没有广告，没有低层民宅，没有一间街头售货亭，没有人间琐碎生活的气息。他们好像在灰颜料画出来的单调楼房间不太真实地走。

平壤城里少数人提着黑包，几乎人人的包都相同，包也随人摆动，成为他们身体的一部分。除黑包以外，再没见人提任何东西，更多的人完全空摆着他的双手。从乡间到城市，无论什么人，只要他在路上，必然以这种奇怪的姿势向前。

中国人也有了穿红戴绿的这一天，坐着崭新得还来不及上牌的空调旅游车，散漫随意，见到什么都新奇，见到什么都拍照。朝鲜人保持着应有的距离，不关注甚至不望我们一眼，雄赳赳气昂昂地走在远方。

新开通的朝鲜旅游有一个必须参加的项目，在平壤的五一体育场，它据说是全亚洲最大，可以容纳十五万观众，游人必须去那里观看大型团体操《阿里郎》，在出团前就要交相当于三十美元的门票费用，拒交者将不能成行。有人怀疑这是中方强加的收费项目，直到看了演出，或者在朝鲜停留两天以上，才不再简单地以商品社会的角度去想问题。不要忘记得太快了，这世上还有重要过金钱的事情。

演出的确宏大，参加演出者十万人，据说排练了一年的时间，将连续演出六十天。被引导到正面看台的都是外国人，主要是中国人。两侧看台上整齐的平壤观众情绪明显与我们不同，双手举过头顶一直不停地呼喊鼓掌，我试着靠拢他们，隔着警察，看见那些新鲜泥土一样的脸上，让人惊异的亢奋和自豪。朝鲜导游说，这团体操是世界上没有的，中国二〇〇八年奥运会开幕式，已经邀请它的创作人员参与设计，他的话我并不确信，因为我本人在一九七三年的长春市就参加过类似的演出，规模不可比，但性质相同。当年，中国人曾经很会干这个。

演出结束是夜里九点，到处是离场的人。被场内两小时强照明刺激过的眼睛一下进入黑暗。我们在完全无光亮的空地上走，突然有黑压压的人群接近，这是我们在朝鲜国土上和大批民众最近的接触。黑影迎面带来强烈的热气，长时间积累的汗渍味，劳动加泥土味。在朝鲜，凡接近人群，一定有这种特定的气味。几百人的整齐队伍斜着插过来，带着热的气浪擦身而去，一队过去又有一队。在黑暗里，只感到无数衔枚噤声疾走的人发出远比我们急促的嚓嚓脚步声。猛然出现一辆离开体育场的小汽车，极刺眼的灯火，首先照亮了七八个驱开人流的警察。赶紧闪避汽车的队伍突然暴露在强光里，是无数少年的脸。我越看他们，他们越不看我，更急着保持队形向前走。

冲进黑暗里的这辆小汽车，车牌号我记住了，前面一颗五角星，后面的数字是 664。这是我在朝鲜期间看到仅有的带五角星的车牌。

汽车消失，黑暗又回来了。更多的队伍热腾腾地过去。我问朝鲜导游，参加演出的这些孩子要去哪。他说坐车回家。这么晚了，还有什么车？他说有地铁。可后来，同是这个导游，带领我们参观地铁站不成的解释是，平壤地铁只在每周四周日运行，而团体操演出在两个月中，将一日不停，这说明团体操的表演者在多数日子里必须步行回家。

乘车经过乡村，偶然遇到几个静止不动的人，他们一定向我们的车辆招手，看来亲善朴实，无论大人孩子都有节奏地伸出浅色的掌心来，经过训练一样，让人想起当年的口号，欢迎欢迎热烈欢迎。可是，只要车门打开，我们下车，他们便迅速无声无息地散开，根本看不到他们是怎么遣散的。总之，附近百米内只剩下我们自己。似乎刚刚被他们欢迎的不是车中的人，而是那辆快速行驶的旅游车本身。

刚到平壤下火车，中国游客被领向平壤站前右侧小广场，远看那里有几条无靠背的简易水泥长凳，本来悠闲地坐了人的，我急走，想走近了拍照。中国游客接近那广场，不过两分钟时间，长凳全空了。原来的人全部消失，又快又鸦雀无声，完全不知道他们去了哪儿。向远处的街道看，只有昂着头空着手的赶路人。超过三十岁的中国人该了解这种快速的退避。但是，到了今天，连超过四十的我们也变得不习惯了。

现在的中国人到一旅游地，拍照，问价，探路，好奇，擅自离队，任什么都想摸摸看看的特点，到了朝鲜自然感到不自由，除了几座高大建筑物，再没什么可以接近的。朝鲜人在朝鲜人的世界里坚定地走着，和其他完全无关。频道不同，层面不同，他们离得远又消失得快。

我所看见的朝鲜人面目表情少于其他民族，不能武断地说他们缺少了随意欢快，只能说多了单纯严肃。不知有汉，无论魏晋，究竟好还是不好。

单纯的人和复杂的人

跟随我们这辆车二十几个中国人的朝鲜导游有两个。一个读过三年吉林大学，算我的校友，叫洪昌建，可以勉强讲中文，发音七扭八歪的，他说他当年汉语学得不错，几年不用，忘了。另一个人面孔极像韩国围棋国手李昌镐，我们一家人都叫他石佛。我只听他讲过有限的几个汉语词：不行！到时间了！走吧！他像带领小学生春游的少先队辅导员，而且，是超级严厉紧张不苟言笑的那种辅导员。无论你想干什么，石佛靠过来了，绝对是个坏消息，他一定说属于他的那几句中国话，然后用相当于专业九段的眼神盯住了你，直到你扫兴放弃，走回那辆随时要开跑的旅行车。石佛永远镇后，紧跟着。石佛了不得。

越过国境，我见到的第一个朝鲜女人，她远远地正随着队伍向一座高大铜像走，在和中国丹东接壤的城市新义州。当时的太阳那么好，它本身正向大地投下金属丝。那女人穿民族服装，背对我们，距离很远，所以，我感觉她那条朝鲜裙子，像正迎着光膨胀起来的粉红色降落伞。她隆重地拖带着艳丽夸张的巨伞，向着高处更耀眼的金属人像走。

我不知道相当于中国海关联检大楼里的朝鲜女职员穿的什么制服，灰的，让人马上想到长征路上那种纯洁发白的灰，有点伤感的灰。制服配简朴的裙子，经过我面前的一个职员礼貌地笑，她化了可爱的妆，地道的白粉腮红。我禁不住说，她多好看！我儿子不想我这么直接地议论人，但是，我没忍住，过一会儿，又说另一个朝鲜女人好看。

好看的究竟是什么？是那张不复杂的脸加上廉价白粉。高档的化妆往往不自然，油亮亮的。但是朝鲜女人的妆刚好相反，厚脂粉像白粉笔的细尘，我的感觉这是朝鲜式的纯洁。从小学女生到城里的中年妇女，几乎人人面白唇红。她们走近了，没有现代女人的人造香气，她们无一例外地有一种陈年木箱里久放着的米糠味道。离开平壤前，我们把从丹东带来的铅笔之类礼物送给宾馆女服务员，她们也回送了礼物，在小纸盒里。经我的校友洪导游翻译，是靠近三八线的城市开城出产的高丽参雪花膏，打开来闻，确实有小时候的雪花膏味道。我喜欢这些

搽胭抹粉的女人，把脸涂白把嘴点红，然后出门，直直地站到
人前。好像活着不能比这个更简单了。

　　我们住的宾馆在门前搭建了临时售货亭，向游客卖高丽参
一类特产，有三个年轻的女售货员。中国人说，他们也想方设
法要赚我们的外汇了。太阳直射，她们中有一个取出柜台里摆
卖的羽毛扇挡住脸。一个四十多岁的中国男人恶作剧，故作严
肃地走过去，又说话又打着手势，他的意思是：太阳！就是领
袖，像你胸前佩戴的领袖像章，你拿这把扇子遮挡了领袖的光
芒，这个不行！女售货员马上懂了，羞愧地放下扇子，粉白的
脸完全暴露在太阳里，一直一直，大约一个半小时，我们乘坐
的汽车开动，在同一颗太阳下，她们招手，我们回中国。

　　后来，回到丹东，一个看守停车场的男人直问我从哪来。
我随口说，长春。他说，不远，想不想带走一个朝鲜小保姆，
绝对不出门不会打电话，绝对老实听话能干活还不收工钱，只
管吃饱饭。他这么说。

　　洪导游总是满足不了中国游客的要求，只好拿他的家事来
调节气氛，他说中国女人太厉害，他的女人不那样，如果他回
到家女人还没下班，他就去睡觉，绝不做饭，朝鲜女人的责任
就是伺候好男人和孩子。他向全车人说这话，努力向后梗着他
挺男人的脖子。

　　我们住的宾馆里公开出售译成中文的朝鲜书籍，我买了几

本，其中一本有这样一段：总书记说：我们的人民的确是很好的人民。像我国人民这样好的人民在世界任何地方是找不到的。正如他所说，主席逝世后十二天内，共和国五百万青年当中一百六十七万多人誓死保卫金日成总书记，志愿参加朝鲜人民军或归队，将近三万工厂企业工人和高等中学应届毕业生报名下乡到渗有金日成主席领导业绩的合作农场去。

这段话从宏大的角度解释了朝鲜的男人，解释了为什么在朝鲜经常能看到军人和类似军人的严谨市民。

在北纬三十八度，简称三八线，朝鲜与韩国的军事分界线，我们直接接触了朝鲜士兵。他们大概是这世界上最不苟言笑的士兵。负责解说的军人兼有接待游客的职责，但是，他只陪三伙游客拍照，好像这是一道禁令，第四次再有人来约他，哪怕是个中国小女孩，哪怕相机已经在按快门了，他也要面色恼怒断然拒绝。他有意快步走远了，一个人去靠近修剪如仙的松树站着，好像那样才安全。

像三八线这种直接对峙的军事禁地，在今天的世界上是仅存的了，刚听说以色列要花费巨资建筑类似的隔离墙。就在去年的八月，我和徐敬亚在柏林，整整一天都在一间展览馆看"墙展"，它存在时候的惨烈，人类向往自由的代价，一夜间轰然倒塌后的空旷，都还历历在目。

表面上看，朝鲜和韩国南北对峙的板门店，不过两公里长的铁丝网，几排简易房。站岗的朝鲜士兵绝对纹丝不动。好像要有意造成反差，韩国兵在属于他们的不大空间里肆意洒脱地游走，墨镜高靴钢盔。盔顶是雪白的，在太阳下面闪闪发光。韩国兵明显高大过朝鲜兵，钢盔更夸张了身高，起码高了三十公分。从和平中来的人参观三八线这地方，更像观看两个饰演仇敌的角色在一块舞台上像模像样的入戏。韩国一侧有飞檐的凉亭上，和我们一样站了旅游者，双方无声地互相对望。朝鲜导游专门叮嘱过，向对面招手可能引致开枪。谁想听枪响中子弹？这时候想想在巴黎游塞纳河，游船交错间互相的招手呼喊绝对是另一个世界的行为。

突然一只夸大了的手挡在我的镜头前面，我用眼睛瞄到石佛。

我真生气了。我说，你干什么！他说，不行！我说，既然不行，为什么不早说！

石佛定力好，不气不急，也许他不会其他中国话，又去遮挡别人的镜头了。

刚进入平壤，我们就被告知，乘车行进中不可以拍照，停车到了指定景点才可以。在离开中国前，也早被告知，傻瓜相机可以带，专业机长镜头必须留在丹东，不要找麻烦。可是在三八线，我这一队人并没听到不可以拍照的提示。讨厌一只不明之手跑到我的镜头前面，我虽然听到其他团队的导游说，到二楼上允许拍照三分钟，但是我不想拍了，我保留我不拍的这点自由。

回国后，偶尔看到一篇关于韩国旅游的文章，作者这样形容北纬三十八度线：我们在导游的带领和几名美国大兵的保护下，乘车穿过一条反坦克壕、铁丝网、地雷区和安装着爆破装置的桥梁关卡组成的狭长军事通道，终于进入板门店的核心地带。导游要求大家不要随意走动，不要指手画脚，不要随意拍照，更不能离开队伍擅自行动，几个高大魁梧的韩国宪兵叉着双腿握着拳头，蜡像般站在谈判桌前，从这里向北看，朝鲜的军事建筑遥遥相对，戴着大盖帽的朝鲜军人依稀可见。

这段完全来自对面一方的文字印证了三八线的紧张绝非夸张。可惜没人给我们详细讲解，地雷区坦克壕等等全不知何在，只知道汽车穿过了很长一段铁丝网。

三八线引起人们的战争记忆，回平壤的路上，有人问洪导游，知道谁是黄继光吗？对方摇头。再问邱少云，还是摇头。几个中国游客同时说，是中国人，志愿军，抗美援朝打美国。四十岁年纪的朝鲜导游洪昌建连连摇头。有人叹气，然后全车人无言开始睡觉，蒙蒙地进入了据说当年承受了美军一千四百三十一次轰炸，接收了四十二万多颗炸弹，曾经完全变为废墟的平壤城。

紧临三八线的土地就是普通农田。中国东北土地里的玉米苗已经快有十公分长了，板门店一带更靠近南方更温暖，但是还没见到土地里的玉米发芽。有农民在田里牵牛，那牛很瘦，松脱的皮下鼓起着运动中的牛肋骨。田地中间竖有木桩，向不同方向挂着几只大高音喇叭。按我们的推理，朝鲜人不可以城乡间自由流动，农民必须几十人一个编组留在集体的田里，但是，田地里的农事并不精细，田埂荒蒌，田畦不平整，远山光秃发黄，几乎不见乔木。中国游客对中国游客说，为什么不种树？回国以后听说，板门店一带农田以下遍布了军事工事。

朝鲜的农民并不匆忙地弯腰在田里做事。零星也见到人在没翻耕的稻田里挖野生的植物，好像挖野菜。在乡间道路上的走路人同样挺胸扬臂，不左顾右盼。我想，朝鲜人没有中国东北农民形容的闲着卖呆儿吗？进入朝鲜第四天，我才在一个小火车站密闭的玻璃窗后面发现了拥挤在一起的面孔，很明显，他们在自以为安全隐蔽的地方，正带着极大的好奇在观察我们这些坐进口空调车一掠而过的外国人。自从这个发现以后，再去注意朝鲜的玻璃窗后面经常贴着黝黑的脸，他们在张望。这样才正常，像二十年前的中国。

还有一些人，我说不清他的身份，在几个允许我们停留的广场边缘游动，一律拿一本书，但是眼睛不在书上。

朝鲜的孩子们，他们除读书以外，都在什么地方逗留，以什么方式玩，像我们这种旅游法儿，没可能知道。平壤的傍晚，

大约一小时内有匆匆赶路回家的行人，很快，它静得不像一座
城市，只有太宽的街面空空荡荡袒露着。洪导游说，他的国家
实行全民免费住房，免费教育和免费医疗。中国人马上问，大
学的学费由谁出。回答是国家。中国人顿时感慨，要供一个大
学生需要多少人民币！洪导游说，他在中国读书，正是朝鲜最
艰难的三年，一九九五年到一九九七年的大灾荒，他说自己很
没良心，当了逃兵，没和他遭遇困境的国家在一起，所以他现
在要好好干。他的好好干，目前就是突击讲好中国话。导游的
大女儿在平壤第二少年宫，在带我们参观平壤第一少年宫的时
候，他不断重复这话，让我们联想到少年宫不是容易进入的圣
地。他还强调，一个国家必须重视知识分子：没有知识人，不
行！我感觉他在暗示中国的"文化大革命"，同时暗示他的国
家比中国进步开明。

在中国，我没见过这么富丽堂皇的少年宫，它更像一个对
外接待景点，不是给孩子们的活动场所。和过去中国的少年宫
一样，佩戴红领巾的孩子在这里画画跳舞练琴，有一间电脑房，
都是男孩，我儿子进去看了几分钟，出来对我摇头。我知道他
想说什么，但是没说。我们把从丹东带来的一包铅笔给了一个
画石膏像的男孩，因为他画出了那个苍白人脸透露出的并不明
显的忧郁。男孩接过礼物的动作有点不自然，好像那些笔是凭
空落在他的手心里，他直接把它接住塞在画板下面，整个动作

之小，只有他和我们能察觉，然后他继续他的临摹，没有抬头，没说谢谢。

少年宫是石头建筑，徐敬亚走到那儿都反复说，朝鲜啊，太缺乏新型建筑材料了，只有使用石材。徐敬亚观察朝鲜和我不同，他在延边朝鲜族自治州插队，有另一种感情。石头显出凉爽但是沉重压抑，就在石头屋子里孩子们让琴声不断。

朝鲜的大部分山光秃荒芜，但是河水清，流过平壤的河叫大同江。早晨，我们坚持要去百货商店看，但是，导游以商店没到营业时间为由，把车停在江边，宣布自由活动。江水满盈，沿着堤岸，过来两个男孩，我们想和他们拍合影，怕被拒绝，就有点强硬，直接过去揽孩子的瘦肩膀，他们想挣脱，能感到暗中的用力和害怕。徐敬亚把口袋里的橡皮钥匙链指甲刀气球皮全塞到他们手里。我说，这是胁迫。孩子照过合影马上跑，跑了很远再回头看我们，又看手里多出来的东西。

记得，有一个外国人说，他欣赏中国人"前消费时代的古朴的脸"，现在，这略带青铜色的形容必须让位给鸭绿江另一边的朝鲜人了。那是一些什么样的人们，女人男人孩子，他们的内心里都存放着什么。

越困难越乐观的人们

在有着两千四百万人口的朝鲜境内，作为中国旅游者停留了四天，我没见到一个拿一根小葱的路人，好像朝鲜人活着并不食人间烟火。

去平壤的火车上，穿一身灰制服的男列车员手里一直握着个白炽灯泡，四个小时，无论走路扫地开关车门都不放下。为什么要始终拿着它？或者把它拧好，或者干脆扔掉。后来，我发现全朝鲜，除我们住的宾馆里，再没见过垃圾箱，没有这种装置。因为朝鲜不产生垃圾，没有纸巾没有罐装饮料没有塑料瓶没有纸袋塑胶袋。洪导游蹲在路边抽过烟，四处望望，小心地把烟头塞进路边下水井的铁箅。平壤也因此极其洁净，除风掀起的尘土外，可以说一尘不染。下午，成队的小学生蹲在人行道上，手拿小木棍清除路面砖缝里的泥土。红领巾飘飘。

进入朝鲜，我们用上了外汇兑换券，一定的人民币换回几张印制并不精致的纸片。据说是极不公平的汇率：四朝元等于一元人民币。买一束又少又蔫的鲜花，放到金日成铜像前，要付出五十元人民币。

我想到两年前在西安，又矮又丑的出租车司机对我嘲笑美国游客愚蠢，会拿出一把美元任你自取。我们在朝鲜就充当了那种美国人，手里的兑换券扑克牌一样送出去，随朝鲜的女售货员挑拣，没人会怀疑她们对金钱存有杂念。

引用朝鲜书籍里的语言：朝鲜人民越困难越乐观地生活。

这本书的作者是亲朝的日本人，属名名田隆司，书名为

《金正日时代的朝鲜》，书后标明朝鲜民主主义共和国印制，二〇〇〇年出版的中文版本正式出版物。它详细讲述了朝鲜几年前的情况："一九九四年七月八日金日成主席突然逝世，那天深夜，国家的各个地区突然倾盆大雨，雷电交加。人民都把它同主席逝世联系起来谈论，感到惊讶和悲痛，全世界都沉浸在悲哀之中……但雪上加霜，共和国连续四年遭到自然灾害，灾情是极其严重的，具体数字表明了这一点。一九九四年冰雹灾害，一九九五年洪水灾害，一九九六年洪水灾害，一九九七年高温灾害旱灾和海啸灾害"，下面，他引用了一系列数字，简要累计了三年中朝鲜的受灾人口，被他称为"难民"的有一千一百二十七万人，他说"这个时期遭到破坏的耕地，到现在也还没有恢复地力"。他在书中还专题探讨化肥问题，朝鲜不能自己生产钾肥磷肥，一直依赖于"社会主义市场的进口"，他责怪由于这个市场的解体，有些国家向朝鲜提出用外汇结算，使他们面临严重的化肥短缺，同时发生了能源危机，仅有的农机不能利用。我们在旅途中经常见到草棚下停放着陈旧的拖拉机。

朝鲜的五月，刚绿的土地上只有零星散漫的劳动者和几面褪色的旗帜。一个丹东出租汽车司机告诉我，朝鲜每人每天配给粮食定量曾经是一百克。二两啊，一小捏啊，他说。

到朝鲜的第二天，我们要求看看商店，努力了再努力，最后被带去了没有一个顾客的外汇商店。后来，我们学会自己识别市区内的商店了，门上有朝文，有大橱窗，有一两个女售货员，没有顾客，是朝鲜商店的特征。

洪导游在埋怨，你们的要求太多了，什么都要看，他说没什么可看的！宾馆的商店不是每天让你们看？

没人再为难追问这个导游，哪个国家宾馆在商场里摆卖饭锅和煤气灶？

这个时候，感到被刁难的朝鲜人连叫头痛，他想躲开中国人。但是，下一餐饭几点吃，人们总要问，而这类问题竟然不由导游或宾馆厨房说了算，导游说要请示科长的意见。他一个人站在宾馆大堂柜台前，焦躁不安地等待科长的电话，有中国孩子过去拉他，你不会打手机吗？谁知道那科长是个什么人，总之，准时吃一餐饭不是件容易事。人们要求自己去外面吃，洪导游更紧张了，一口咬定出了门会走丢，他极力推荐去宾馆顶层吃夜宵。我们去了，上面没有第二伙客人，只有一个女服务员，等了一小时，吃到了冷面，十五元人民币一碗。而几个沈阳游客锲而不舍，终于离开酒店，据说走出两公里，有专为外国游客临时搭建的小食摊，吃的也是冷面，不过，由洪导游全程陪同，他的要求是请他喝不低于五十度的烧酒。

在我们烦闷地等冷面的时间里，服务员一点也不急，她十分投入地看那台九英寸的小电视，放的居然是好莱坞的《狮子

王》，听说朝鲜电视只有一个频道，到周末有三个频道。我们
房间里的电视始终只有一个频道，两个晚上都播出会议，胸前
带奖章的老人在台上发言，台下的听众在流眼泪，所有发言的
人不断发出"斯密达"的感叹声。我问洪导游，他说斯密达的
意思是"是的"，表示肯定。我问他，有"不斯密达"这词吗？
他说，没有。

没有否定，没有怀疑，只有斯密达。

宾馆里的电视讯号经常断掉，屏幕上马上跳出了"福如东
海"四个中国汉字，原来这电视是中国产的长虹牌。顺便再注
意周围，香皂是中国水仙牌，电灯开关是朗力电器，卫生间洗
面池是唐山陶瓷。新地毯下面铺的地板胶图案是中国小城镇上
最常见的。

我们在南部城市开城吃的午餐算一顿盛宴。每人面前隆重
地摆满铜制餐具，食物精致，主人拿出了最好的烹调技艺，三
分之一个煮鸡蛋刻出尖齿，每人一片橙子，极薄，大约一只高
尔夫球的十分之一，我儿子打开所有铜碗扣盖，小声说，不会
是这么一点点吧！斯密达，就是这些了。

有人告诉我，朝鲜人的月工资大约一百至一百五朝元，每
月十五日，三十日分两次到有关机构领取配给的食品。以日本
人的计算方式，朝鲜人每月工资只能购买一公斤苹果。近来有
朝鲜将取消配给制的说法，不知道它怎样实施。

开城是座古城，曾经在五百年间做过高丽国的都城，据介绍有许多古迹，而我们只看到了没有内容的高丽博物馆，还有比平壤更空疏简陋的街道楼房。

确切地说，我们参加的是四日朝鲜革命领袖游，从故居到铜像到展示各国首脑赠送礼品的纪念馆。

每个晚上都住平壤，路总是重复，总在它的最中心转。第一次看到那座突出于所有高楼的黑灰色的建筑，感觉它像欧洲城市的古老教堂，事实上，它是一座一直都未完工的尖三角形的宏伟建筑，裸露的水泥和一座高入云中静止不动的塔吊。据说是一座高一百零五层的酒店，名为柳京饭店。有人说，一九九五年印刷的平壤图片上它就是这个样子，已经原地静止了七年？斯密达呀斯密达。

夜间穿过平壤有点奇异，天刚变色的时候，总感到有什么不对，渐渐发现由于所有楼房都是暗的，虽然都是统一的住宅楼，却没见和人的生活有关的一切，花草、衣物、晾衣竿……包括偶尔眺望夜色的人，什么都没有，干净单调到了让人怀疑这是一座空城。导游说，平壤居民只在房间里晾湿衣服，这是法律。天完全黑了，才发现其实有灯亮，一律是十五瓦的白炽灯，每一个窗口同一角度有一盏，绝无例外。除临街的一楼外，其他窗口一律不见窗帘，使那些楼房看上去像一些暗黄和漆黑相间的格子布，一张张整齐排列在前方。再晚一点，到处都黑了，出市中心广场，再没路灯，我们乘坐的车厢里倒通亮着，就这样穿过全黑的城市，完全是一种太空遨游的感觉。这会儿，轮到我们不知有汉，无论魏晋了。

离开平壤的那个早上，迟迟不出发，听说洪导游前一晚喝了五十度的烧酒，起不来了。这只是一种说法，因为其他的旅游车也没动，所有的人都在等待，也许又在等候某一个科长的出发指令。在我前边不远，一辆车头前，一个中国人正紧挽住一个朝鲜人，两个人上身手臂扭在一起，中国人硬把什么东西塞给朝鲜人，后者坚决不收，我看见中国人手里拿的是一叠钱。后来，两个人分开了，都是中年人，都擦眼泪，不知道最后把钱留下的是谁。朝鲜人是个旅行车司机，我看见他擦过眼睛，在戴手套。

从各个方面得到的信息都说现在的朝鲜经济在好转，他们称前几年为"苦难行军"，现在改称"强行军"。在词汇变换以外，不知道他们的生活是否会好转。

这篇文字结束了

二〇〇二年五月的前几天，几万中国人跟随旅行团的三角彩旗，蜂拥一样过鸭绿江，住满了平壤的大小宾馆，千里马万寿台万景台用光了胶卷，再蜂拥一样回来。

二十一世纪仅存的一块飞地,回来以后,我想把我一路上看见的写下来。

这篇文字刚开了个头,世界杯就开始了,我把它放下,我说,头儿开的真不是时候,只能放放了。一个月过去,在韩国狂飙疯舞的火红看台上,我发现了和平壤体育场的大型团体操惊人一致的某些东西,跳进火海中烧灼的忘我和亢奋。就像一个中国电视记者在韩国球赛现场说:我感觉他们不是在喜欢足球,而是热衷于一种齐心协力。

六月的报纸上有一篇小消息被我注意到,朝鲜没有转播这届世界杯足球赛,他们的国民不能通过电视屏幕了解世界上有这个热血沸腾的赛事,但是,三八线上驻防的朝鲜军人听到来自韩国一方的欢呼,应当猜测到他们的族人胜利了,他们也随着呼喊,这时候的呼喊绝对是非军事行为。同在这一个月里,还发生了朝鲜人冲进外国驻中国使馆,朝韩双方海上军事冲突等等。随后,报上说,韩国农业部表示,在目前局势下,将不可能向朝鲜运送三十万吨剩余大米,信息和交通部推迟援助朝鲜建造移动电话网的谈判。我算了一下,三十万吨米,平均到每个朝鲜人,大约是十三公斤,可以维持最低生活一个月。而美国也收回了恢复双方高级别对话的建议。上面所有这些,好像和我所要写的并不直接关联。

还有,五月五日我们从平壤回中国,眼前这个丹东变得不适应了，人声车声霓虹灯上下跳窜，中国人又回到了一锅滚滚沸腾的火热八宝粥里。在丹东我们去了抗美援朝纪念馆，不止一次听到丹东人讲述鸭绿江上游叫"一步跳"的那地方的耸人听闻的传言。

斯密达呀斯密达，连今天以前发生过的事情，亲眼见到的事情，我们都不可能完全清楚，何况其他？

两种隔绝

二〇〇五年的八月，中国各地都进入苦夏，我在澳大利亚的墨尔本住了十几天。其中有一天去参观墨尔本旧监狱，还有一天去了郊外的一个艺术家社区。

去监狱的那个下午，满天奔跑着南半球冬季的黑灰色云彩，风相当阴冷。而另一天赶上了透明碧蓝的绝好天气，有些树枝正变得柔软，当地人说春天快了。

墨尔本旧监狱

在参观墨尔本监狱之前，我从来没接近过真正的监狱。曾经去过山西洪洞县的苏三监狱，事实上它只是明清监狱旧址上重建的几排空屋子，没有任何实物保留下来，是个空顶着名义的旅游景点。

不用问路，墨尔本旧监狱很容易找，隔着很远，已经感到了那座色调深暗的建筑透出一百多年前的阴森气息。它的外墙由黑色石块垒成，唯一的暖色是摆在门口的几只椅子和太阳伞，走出监狱展览馆的人可以在这儿短暂停留，要杯咖啡，呼吸自由的空气。

墨尔本的旧监狱现在位于墨尔本市中心，这组建筑物，后来被拆除过一部分，现在只剩了一栋监室和一片完全空旷的大院子。

一八五一年，墨尔本所在的维多利亚州发现了黄金，因为美国已经有一个"旧金山"，人们叫它"新金山"。黄金在呼唤。大量的淘金者从欧洲、美洲和亚洲蜂拥而至，紧随财富而来的是各种犯罪。新大陆的宝藏诱使了新移民们无法无天的本能，远离了故土以后，道德好像不能管束他们了。快速膨胀的犯罪使管理者意识到，墨尔本急切地需要一间监狱。在这座监狱建造期间，已经有四艘大船作为临时的流动监狱停泊在墨尔本海岸上。

墨尔本监狱的兴建和当地发现金矿同时，都在一八五一年。当时，它的设计参考了英国伦敦的模范监狱。一八六四年，监狱建筑群落成，居然是当年墨尔本地平线上最高大宏伟的建筑物。它准备以俯视全城的气势和森严，威慑被黄金招引来的一切图谋不轨者。

　　据说，墨尔本旧监狱在十九世纪是世界上最先进的监狱之一。囚犯迈进牢房，不仅彻底与世隔绝，还必须遵守绝对"沉默"的规定，任何交谈都不允许。每个囚犯走出自己单身牢房都要佩带三角形的白头套，只在眼睛位置挖了两个小洞。凡是违反了"沉默"禁忌的，都要接受刑罚，现在，二楼的几间牢房里还展示着鞭子之类的刑具。

　　监狱门口有一盏昏黄的灯，光亮只能照亮周围几米的范围，而黑暗的长廊两侧，一个门挨一个门，全是牢房。现在，多数牢门都开着，房间里保留着一百四十多年前的原貌。空间压迫的单人牢房中陈列着曾经关押在这里的著名囚犯的犯罪经过，当年相关案件的新闻报道，和犯罪心理分析。

　　每个牢门都不大，一个身高一百八十公分的男子刚好可以进去，再高大一点的人就要低头侧身了。

　　我试了试，牢门厚度大约八公分，门板四周布满长铁钉。门上有一个不大的递送食物和窥探囚犯动静的洞。

　　这座监狱主要由两个部分组成：牢房，走廊尽头贯穿两层楼的绞刑架。

　　牢房中最让人惊异的，是陈列在玻璃罩里的石膏面膜，它们是死亡囚犯被卸下绞刑架后马上制作的。

　　那天，参观监狱的人并不多。独自一个人钻进让人感到窒息的囚室，微光中，和真人同样大小的死囚面膜就在眼前，透出惨暗的白色。没有死不瞑目的囚犯，他们每一个都闭紧眼睛，都没有面带凶相。包括以食人为癖好的男人，和一个不断杀掉新任丈夫的恶妇。

有一间牢房的墙壁上详细地展示八个重犯的犯罪记录，包括他们生前的照片。一米之内，就陈列着他们气息断绝之后取得的石膏面膜。比较照片和面膜，能感到这些生命曾经的栩栩如生。甚至，那些被白色石膏定格了的人头都呈现着某种安静和纯洁。是被斩断了全部欲望念头情感之后的彻底宁静。八个白的石膏面孔，其中有两个中国人，一个罪起鸦片，一个罪起淘金。

监狱管理者之所以要给每个死刑者打造石膏面具，是因为当时照相技术还不普及，留下死者相貌，方便日后，罪犯的亲属能领认自己的家人，也是另一种验明正身。

监狱的一楼和二楼分别有三十二间牢房，和三十四间牢房，都是关押重犯的单人牢房，三楼牢房略大，可以同时关押几个囚犯。

入牢房里，像交响乐队的谱台上摊开着乐谱本，展出了一些女犯人的详尽资料。一个杀人犯，她的死亡面膜相当安详地停放在牢房角落里，而墙壁上贴着一幅当年的漫画，夸张地描绘她活着的时候脸上的杀气，那张脸还生满了麻子。

墨尔本监狱从一八六四年启用，到停止运作的一九二九年。

其间的六十多年里，曾经对一百三十五人处以绞刑。所有问吊致死的罪犯中，最有名的是当年的绿林大盗奈德·凯利（Ned Kelly），有人说，他是一个专门打劫银行，救济贫农的"水浒"式英雄，被处死时只有三十五岁。

绞刑架的主体在二楼，完全保持当年的样子。我通过冰凉的铁梯子，在二楼和一楼之间来回跑了好几次，才弄明白了它的操作程序。让人想到电影《黑暗中的舞者》最后的一幕：绝望中杀了人的女主角被处以绞刑的悲惨画面。死囚在二楼被架上高大的绞架后，行刑开始，只要抽开他脚下踩着的厚木板，人瞬间坠落到一楼，下去的就是一具尸体了。在二楼是人，到一楼变成了鬼。

这座当年最先进的监狱，它对囚犯处以极刑的地点就在监狱全开放式长廊的顶端，这就是说，每绞死一个人，都是对三层楼上所有囚犯的一次现场直播。

和中国的"戴镣长街行"和"推出午门斩首"，众刽子手持砍刀威风林立不同，墨尔本监狱的刽子手来自囚犯中间的志愿者，监狱规定，凡执行一次绞刑，夺了别人一条性命的，能享受减去两年刑期的特殊优待。

监狱的一楼有一间特殊的牢房，它的尽头有一扇通向外面世界的门，透过锈蚀的铁栅栏，可以看到庭院里平坦艳绿的草地。不知道什么人住在这里，当年，通过这片铁栅栏望出去的人，能见到什么景致。

现在的墨尔本旧监狱展览馆有一个特别的旅游项目，可以为游客安排"夜间体验"。一份中文的旅游指引说：一周两次的夜行游戏，到墨尔本旧监狱秉烛夜游，探访上一世纪阴森恐怖的监狱生活。

丧失了行动和语言这些基本自由，被监狱的高墙铁门囚禁，对今天的墨尔本人已经变成了消遣和游戏。

世外桃源

事先并不知道旅居澳大利亚的朋友子轩要带我看什么。她把车停在酒店门口，只是说带我去乡间兜兜风。出了城，她说，我们去一个绝对有意外惊喜的地方。

车停在半丘陵半山地间，因为天空太蓝太蓝了，周围的树木草地石头墙都变得有点超现实。这地方叫 MONTSALVAT，在墨尔本市区东北方二十六公里，占地十五英亩。是年轻的艺术家 JUSTUS JORGENSEN 和他的朋友们在 九二四年白建的一处"世外桃源"。子轩叫它庄园。我叫它"理想国"。有人叫它 MONTSALVAT 文化艺术中心。

十几栋建筑物自然疏松地散落在一片起伏的山丘上，每一栋建筑的风格都不同，每一栋都不大而古朴。如果有人说这里是静谧，不如说它是荒疏没落和远离人世。

七十多年前，来自法国的艺术家买下了这片荒芜的山地。当时的墨尔本作为一片新大陆上的新兴城市，远没有现在的规模和喧闹，当初的艺术家们还不至于像今天的人像"城市困兽"受到水泥森林的强行挤迫。不知道是什么原动力，支持着他们走向了乡间。

他们完全靠自己动手，按照想象设计和建造了这个大家庭。现在能看到，这个艺术家庄园里，有公用的厨房餐厅、游泳池、水塘、开阔的林地、喷泉、花坛、教堂，甚至墓地。近来几年，中国几个超大城市居民提出合作建房的概念，而早在七十年前，有人已经在墨尔本郊外实施着类似理想了。而且，这些"城市逃离者"的目的并不是要得到一个栖身之处，他们要逃离人群的喧嚣，他们要避世。

我和子轩去的那个上午，像一间草料仓库的画廊内部正在布展。每年一度的莎士比亚节即将开幕。粗糙的墙面和支撑屋顶的木梁柱下面，挂了几十幅莎士比亚的头像，没有一幅作品是写实风格，蓬乱的变形的乖张的疯狂的，各种被解构了的莎士比亚占据了四面墙壁。

这里的经营者是个上了些年纪的男人，法国艺术家的后代。据子轩说，当年的建造者们一个个离世以后，按照他们的意愿，这片建筑物交给了国家，后人只负责经营，现在它有选择地向社会开放。而林间的艺术家墓地也因为城市的扩张，渐渐变成了公众墓地。我们离开的时候，正有些黑衣人在林间安静地为亲人下葬。

树木矮墙落叶之间，没有一个人。穿过一片小花园，见到两个画家站在草地上写生。三只白鹅，羽毛白极了，它们慢悠悠地围着画家的脚和画架在转。

餐厅的中央是当年的长餐桌，厚重的实木，橱柜的玻璃门里摆放着很老款的杯盘。透过隔壁一间上了锁的小厨房窗口，能见到旧式烤箱，搪瓷的烤箱盖，墙壁上挂着木制汤勺。

游泳池里没有水，积满了不知道多少年的落叶。

现在，这里的所有房子都可以住人，但是，要经过经营者的严格审定甄别，只能租给真正的艺术家们。没有合适的人选，宁可空着也不会随意招租。按人们惯常的思维，一个"开发"在七十年前的"不动产"，总该有所升值，但是，我感觉这里照旧保持着它最初的意念：独立和主动的隔绝于外界。我们见到一对父子，正在一间小屋里制造小提琴，父子两个都扎着围裙在忙。靠大草坪的小屋里住着一个老裁缝，专门为歌剧演出制作戏服，裁缝好像临时出门了，玻璃窗都没关，房子里挂了两件镶满闪光饰物的旧式长裙。还有几间是空着的，两间安静的小教堂里，彩绘玻璃投下好看的光影在地上。

我们在小的露天咖啡馆里刚刚坐下，一只漂亮的孔雀凑过来了，它独自款款地走近，羽毛反射着阳光。它完全不怕人，来到我们的小餐台旁不肯离开，它是想吃碟子里的甜点心，一会儿把尖嘴搭在餐台上嗛蛋糕，一会儿走到椅子后面去，转来转去，让我们赞赏它无可挑剔的羽毛。我是第一次和孔雀离得这么近，看着它闪烁着蓝绿光芒的长尾巴不断扫过我们的毛衣和裙子。后来，它翩翩地跨着碎步跑了。远处另有几只孔雀散布，有一只跟着几只雪白的公鸡，紧追不舍地为它们开屏。

子轩在画廊买了一本英文书，它的作者曾经生活在这里，一个早已经迁居英国的八十多岁老人出版了这本回忆录，二〇〇五年，她专程从英国赶到墨尔本参加了回忆录的首发式。子轩翻了翻，说整本书都是记录这个"理想国"当年的建造过程，书中配有一些非常简朴的黑白照片。其中最吸引我的是一个年轻的女孩正赤着脚用力踩泥，那方法和我当年在中国北方插队时候所做的居然一模一样：把和好的泥灌满木制模坯，用脚踩实泥坯四角，然后到太阳下面晾晒，扣出模坯中的干透了的泥砖，就可以垒墙了。

"嬉皮士"作为美国二十世纪六十年代文化运动的主要角色，其中的一部分在后期组建了各种不同形式的"理想国"。而墨尔本郊区的"理想国"建造者不仅早于"嬉皮士"三十年，更重要的是，后者不是基于观念，反抗，对峙，他们只是实现着人类最淳朴的愿望，住到乡下去，依照人的本性活着。

在我们要离开的时候，两个工匠推着独轮车过来，正要修缮一片看来快塌了的旧房子。一看就知道，车上装的泥砖依旧是用原始方法制作的。

院子的大门背后的树荫下面，有两件不引人注意的机器，一个是当年的压路机，一个是载货的拖车，前一个全是铸铁的，锈得很严重。后面一个全是木制的，都没有可能再使用了。

我是坐火车离开的 MONTSALVAT，在那个金色黄昏中，我忽然明白了，人这种动物不一定要自我困顿在城市这件巨型怪物里，人应当自然地散布在乡间，享受大地本来就有的一切。

墨尔本实在是个不大的城市，从城这头走到城那头，完全可以靠步行。而且，当地人常常流露出居于世界边缘的低调。在这里，我看到了人类的被动隔绝，和自我退避。一些人永远不能回到人群，另一些人永远不想回到人群。也许是人的天性决定了他们的选择，也许是不可控不可知，是纯粹的偶然的力量。

盐池记

西北的大地

去宁夏盐池的最初起因，只是想在农历的清明到谷雨之间去西北走走。

四月，是北方农民播种的时间，动身前，和一位盐池的诗人通电话问：你们那里什么时候种地？没想到他在电话里说：什么时候下雨，什么时候种庄稼，我们这搭就是这样。他的回答有点出乎意料，以我的经验，北方农村该按节气下田播种。

在地图上查到了"盐池"，决定就去盐池。

在飞机上才更能认识大地的辽阔。它整个被天空严密地罩住，天空是个浑圆在上的蒙满灰尘的盖子。

盐池的面积相当于深圳特区面积的二十六倍多，但是在二〇〇六年，盐池的人口十五万，深圳公布的人口是一千三百万，可见盐池的地广人稀。它的大地在春天里显得格外空，什么都没有，满眼的丘陵沟壑，有些低洼处有成片的白硝，几撮前一年留下来的干草稞。树很少。我见到最粗的树是在去五堡的大路边，这些老榆树刚被砍倒，锯成一段一段，横卧在路旁，树的直径大约三十公分。

盐池的榆树给人特别深刻的印象，像被牢牢锁在旷野中的疯子，风来的时候，它们发作，头毛带动着身体，暴怒狂舞，风住以后，孤单突兀地呆立，像贴在天空中的一团团乱麻。刮风的时候经过一小片榆树林，像闯进一间疯人院。

二〇〇六年四月的西北乡间，没看见任何人在土地上忙。虽然天气暖了，见不到太阳的阴坡里还残留小片的积雪，农民屋后小葱刚要返青，地窖里藏着前一年的土豆，院子当中倒着在风里呼呼响的水罐，废橡胶轮胎改造成的，买这样一个水罐要六十块钱。每户农民的屋前屋后都有地下水窖，窖顶有木盖，个别的还上着锁。听说，只要下一场透雨，流进地下窖里的雨水就够一家人用一年。四月十四日，我吃的就是从这种水窖里取出的水做成的羊肉臊子面，喝这种水泡出来的茉莉花茶。主人摆出玻璃杯，捏一撮茶叶，哗啦一声，先往杯里扔两大块冰糖，去去水里的土腥味。

土地，它让人类能够落下脚，给依存者提供存活下去的起码条件，使人不饥饿不寒冷，大地，它应当是养人的。中国西北这块叫作盐池的土地，它适宜人生存吗？

　　根据县志的记载，盐池出产胡麻、谷子、糜子、红小豆、白豌豆、荞麦、玉米、葵花，还有原油、石膏、芒硝。按一九八五年的普查数字：全县境内生长着二百五十四种中草药。

　　所有的农作物都要靠水生长，而整个盐池缺的正是水。黄河在一百公里以外，只有极少数农户用得到"水地"，通过水泥造的渠，引黄河来灌溉。

　　春天，盐池人蚂蚁一样蹲在坡梁上，安静地等待雨水储进脚下的水窖，淋湿土地让他们下种子。

　　近几年，农户的羊一律要求圈养，禁止到野外放牧。饲草不够，偷偷放牧的一直没停过。

　　我问，一个上了年纪的农民，不能放羊又不下雨，人怎么过活？

　　农民说：政府说给补贴呢，也补过粮食，也补过现金，哪够呢，补了钱还往回收呢。

　　我问，收的是什么钱？

　　农民说，给羊打免疫针。

　　我想，这钱或者应当由养羊户出的，因为羊是农户的私产。但是，上年纪的农民满心的不愿意，往自己屋里的泥地上狠狠地吐唾沫。

　　只要不走出这片土地，人们自然而然依着老理向地要生活。

他们挖甘草，一个妇女当着我夸他们的村干部好，半夜带大家挖甘草，她们村子家家都有长手电，她家柜子上就有一把，要装四节电池的。

一九八四年，县政府开始限制农民挖甘草，当时规定全县范围内停挖甘草五年。随后的一九八八年，明令禁止采挖甘草。一九九一年县内设甘草检查站。

我问：有人管了，还敢买卖甘草吗？

他们说，照样买卖。只是非常隐秘，私下的甘草交易从来没间断过。

土地说不清是土还是沙，我想知道哪个是甘草。原来，正脚下的沙里就有一棵甘草，它埋在土里，地面上歪着很细的芽。做药材的是甘草的根，每根甘草都要挖到沙土层下面五十到八十公分。农民当然知道，翻开这么深，对于土壤的破坏是致命的。春天了，村庄里暗暗串联着挖甘草的队伍，经常是整村的人在天黑后集体出动，每人一把铁铲，一斤甘草能卖五十到七十元。和等待老天下一场透雨，种几棵玉米几棵葵花相比，甘草来钱又快捷又轻松。比如县志上记载的二〇〇〇年，"全年降水一百六十毫米，全县无播种"，没有播种之年，怎么过活。盐池人的要求不奢侈，就是得到温饱。

县志上还有这样一小段记载：康熙三十六年（1697），康熙西巡宁夏，行进到今天的盐池一带，扎营围猎，康熙本人打到野兔三百一十八只。野兔不可能在荒漠沙丘里生存，可见三百年前这一带的生态不是很恶劣。

二十世纪三十年代，盐池属于的陕甘宁边区，是最早实施土地改革的中国乡村之一。一九三六年的六月，西征的红军进入盐池，县城插上了红军的旗。很快，发布了"关于土地政策的 10 条"，主要条款是：没收一切汉奸卖国贼的全部土地财产，没收地主阶级的土地粮食房屋和财产，对于地富兼营的工商业给予保护，没收的金银财宝粮食牲畜一部分分给穷人，一部分支援前线部队。一九四六年，盐池实施第二次土地改革，动员地主献地，对于不愿献地抵制土改的，发动群众斗争，没收土地，分给贫困农民，最好的地每人不超过三十五亩，最坏的不超过一百亩。这么多土地每年都要等雨，没有雨，养不了人的就不叫土地。

历史上多战事多饥荒，盐池各地常发现地下尸骨，在盐池县城城边，在大水坑镇，在老城墙下都有。现在的人们还说得出来，那一片埋的是国民党，那片是共产党，那片埋的回民，那片是汉民。

空荡荡的大地里，偶尔有一块黑的墓碑，孤零零地挺在风里。

按当地的习俗，死去的人在下葬前，多数都要请风水先生选墓地。我想知道，什么是好的坟地。人们说，首先要"窝着风呢"。担心风带走沙土，常有人照管的坟墓都覆盖一层石片。

在盐池，非正常死亡的人不能马上进入家族的坟地，比如遭车祸丧生的人，他们的尸首只能在家族坟墓群的二百米外，起一个棺木大小的"屋子"暂时寄放，当地人说这叫"瘆"。我问，这个"瘆"字怎么写，谁都说不清。这种不能被家族墓地顺利接受的尸体要"长跪"在祖宗附近，被太阳暴晒三年以"赎罪"，获得饶恕，才能下葬入土。我想看一座"瘆"，他们总是说前面就有，却一直都没看到。

人们建议我去看一个湖，它是在一九九八年才冒出地面，听说经常有候鸟在湖区栖息。冒着风，穿过板结着硝的土地去看湖。走了很远，一只白鸟忽然被惊飞起来，终于看见一片不大的水面，没见到第二只鸟。有人分析，由于临近的陕西定边大量开采石油，到处是钻井，地下的水脉被挖乱了，水没处可流，一路跑到了盐池，冒出一片湖。

定边人得的是油，盐池人得的是水，你看这老天爷是怎么弄的？他们问我。

盐池人

中国江南，古今多出名人，而在大漠之中的盐池，自古以来能留下姓名的好像只有督造长城的几个官吏。

一个自称弄旅游的人告诉我：我们盐池是王贵与李香香的故乡。

我反问他：文学作品中的人物也有故乡吗？

过了一阵他又说：毛泽民在一九三六年来到我们盐池视察指导经济工作。他使用的就是"视察指导"这四个字。后来我查了资料，当年毛泽民任中华苏维埃政府西北办事处国民经济部部长，确实到过盐池。

盐池人脸上过度留着日照和风沙的痕迹，寡言的多，狭长脸高鼻梁目光炯炯的多。在县城，经常迎面见到一些穿行在酒肉之间的人，黑肤色，发胖，闲散自在地在路中间晃荡。有一个晚上十点多，在宾馆大门口见到几个，并排坐在路边，个个拿着手机，自说自话，互相推扯，向寒冷的空气中喷一团团酒气。

有个卖奶皮子的女人，刚到盐池，一下车，她就迎过来了，问要不要奶皮子。从那以后，大约每天出门都能碰上她问我要不要奶皮子。离开盐池那天，上了去银川的大客车，她挎着篮子紧随着也上来，她说：你要回了呢，买点儿奶皮子，新鲜呢。我说尝过奶皮子，太甜了，想带给一个糖尿病人。她赶紧说：不甜的也有着呢，给你几张甜的，再拿几张不甜的。我问，有不甜的？她说，有着呢。等我到了银川，尝了每张奶皮子，都是甜的，哪有不甜的？但是，给她钱的时候，绝不会怀疑眼前这个包着红头巾的淳朴妇女，好像她天生就是不说谎的。

县城的大市场上有几个色彩鲜艳夺目的货摊，专卖绣线、鞋垫、纸样。绣线一小把三毛钱，有几十种颜色，好喜欢哦。我去翻看印在纸上的鞋垫图样，卖线的女人马上翻出一大沓来，全摊开任我挑选。我要了所有动物造型：龙和凤、螃蟹、鹤、蝴蝶、鱼、喜鹊。五毛钱一张，买了做什么呢？不知道，只是喜欢。而这时候街对面摆调料摊子的小伙子也在招呼我，许多调料都不认识，每一样他都抓一撮来，让我闻味道，有几种调料连他也叫不出名字，开火锅店的人才进这些货。

无论买不买，只要对货摊上的东西有兴趣，他们都会热情得很，好像你看得上他这个摆摊的人。

县城街边坐着卖假古董和眼镜片的老人，他自己戴一副黑色眼镜，他的摊位就是临街铺开一块布，布上满满的，有十几只做工笨拙的眼镜，黑镜片又圆又大。我问他，那是什么眼镜。他挺傲慢地说："石头眼镜"，戴上养眼睛呢。好像周围的人都不怀疑他说的说法。后来发现，盐池街上很多上年纪的老人都戴这种"石头眼镜"，是当地老年人的时尚，也有人叫它水晶眼镜。老人看我蹲下来看他的东西，掏出一对旧马镫，他始终从石头眼镜片上面瞄着我，大约在掂量我这个外乡人会不会真想买他的货。我一站起来，他脸色立刻变得阴沉，飞快地把马镫移到他自己的脚下，并排摆好，表示对我只看不买的不满。

坐一辆出租车，去盐池和定边交界的盐场，半路遇见有人拦车。早看见盐碱滩上有个人，司机说可能是偷盐的。那人忽然出现在路边，腆着上身，抱着一大团红棉被，是个女人，她招手拦车。司机看我。我说，管她去哪，拉上她吧。刮大风的天，车门猛然打开，钻进一个满脸是汗的小媳妇，她说她要带娃回婆家，她抱着的棉被里包着她的娃。我说，看看你的娃吧。她揭开棉被，一层一层扒出娃的小脸来给我看。每掀一下棉被，都有灰尘腾起。终于露出一张几个月大的肮脏的娃娃脸，好可爱的孩子，小眼睛晶亮，睁得溜溜圆。我很吃惊，这个做了母亲的人本身也还是个孩子。我说，你多大？她哭了，哭得突然而响亮，哭着还能快速说话，她说，我才二十二呢。这个年轻的母亲两天前和婆家吵架，抱着孩子回了娘家，又刚和娘家的后妈吵过架，抱着孩子穿过盐滩，赌气要回婆家。她说婆家在盐池，她在家里总挨打。

出租车离开盐场，到了个公交车站。她忽然把脸探得很近，她说，这阿姨你把你的电话告诉我，今后你就是我的亲戚，你就是我的姨呢。

司机赶紧说，你这娃，怎么乱认亲呢，快去坐班车吧，你姨还有事，把你送到这搭，都误了你姨的事呢。

她马上下了车，头也不回地抱着红棉被走在大团大团的沙尘里。

　　出租车司机赵师傅，是在县城偶然碰见他的车，就拦下。听同行的人说我从深圳来，无论怎样说，他最后都不肯收车钱，好在路途很近。第二天，打电话请他带我去定边，他坚持请我吃了定边粉坨。约好了去定边的早上，赵师傅穿一件很像样很干净的夹克衫，还戴了一双白手套。他告诉我，他曾经作为当地商业局的员工在广东的深圳和惠州工作过，公司最后在淡水亏了钱，全体人员撤回宁夏，他现在下岗开出租车了。即使在南方做生意的结局不算好，他还是喜欢那个南边的城市，他还记着带着妻子儿子去深圳国商顶层旋转餐厅吃早茶，每位四十八块，结账的时候才知道，三口人还没吃到最低消费。

　　他说，不知道规矩不敢吃啊。

　　赵师傅说他平时是不愿意多话的人，不知道怎么，见到我像见到当年南下的熟人，他话多了，回到盐池的这些年里，再没见过南边来的人，"跟见到亲戚一样呢"。他个人的好时光都留在南方了。我给他留下我的电话，他坚持说这辈子再没机会去南方了，说得伤感。

　　盐池的朋友带我去一对老人家里做客，起身离开的时候，老人提出要盐池朋友帮他和老伴照个"老相"，老相就是遗照。在这之前，他的老太婆一直在炕上倒着，听说照老相，才起身拍打衣裳，沾水梳光了花白的头发。朋友说，"老相"的背景不能太乱了，老太婆随手掀一张炕上的旧布单子，我帮忙提着单子一角，拿这单子当背景。两个老人紧挨着坐正了，一点也不笑。拍好老相，老太婆抖落着单子又上炕了。拍老相前后，两个老人之间没一句对话，平静得很，好像做一件最日常的小事情。

盐池有个写长篇小说的青年农民叫冯丽霞，临离开盐池的那天早上去她家串门，她住的地方是当地有名的"调庄"，有政府统一修建的成排的平房，类似移民村。几年前，她全家搬离了几乎要被沙子掩埋的村庄。"调庄"就是把部分农民从不适宜居住的地方迁出来。冯丽霞满意她在"调庄"的生活，两个孩子上了学，家里有房，房里有火炉有热炕，院里有摩托车，圈里有小猪，屋外堆放着准备贴外墙的白磁片，一进门，头顶的梁上贴着保佑祈福家人的符。冯丽霞迷恋写作，白天和别人一样下地劳动，等家人都睡下以后，她开始熬夜写小说。

有人问她为什么写作，她回答：苦啊。

也有人置疑她一个普通农民写的作品为什么那么"光明"。她说她感恩。使一个西北荒漠中的农民感恩实在非常简单，他们想要的非常少。

二〇〇五年末，关于西北乡村代课教师的生存状况被媒体披露和关注过。我问，盐池有没有代课教师？盐池人说，不要说代课，现在连正式教师都难找工作呢。为了追求更高的升学率，靠高考走出农村，只要稍有能力的盐池农民都会想尽一切办法，让孩子离开村子，到重点学校读书，有些从读小学起就送到县城。乡村里的生源快速减少，乡村学校萎缩，被迫撤掉合并，而县城出现了租房借读的学生群体。

在中国的东部南部，有些读不到高学历的年轻人还能回乡种田，在盐池却不行，地里不生草，羊群不离圈，再年轻健壮有力气有知识的人回到家乡，也是一个生着两只手的无用人。

盐池有两所重点高中，一所在县城，另一所在大水坑镇。我去了大水坑中学，当天正是二〇〇六年高考前的体检日，一队学生正走出校门，很规矩，没人谈笑。朋友带我去了几间高三学生宿舍，女生的墙上贴着大幅的《超级女声》广告，女学生都不说话，拿手背掩着嘴笑，极力掩藏她们的脸。在男生宿舍，请四个学生把他们的家庭住址和准备报考的专业写在我的本子上。盐池中学生，普遍木讷寡言，看着心事重重。二〇〇六年五月下旬出版的《南方周末》头条，报道了中国大学毕业生就业困难的重点地区在西北，而供养一个大学生的费用，需要一个西北地区的强壮劳力不间断地工作三十五年。即使这样，学生的眼睛里仍旧有期待，好像前面某处有一个顶好顶甜的金果，只要刻苦学习就能去采摘，就能吃得到。

回到银川以后，和朋友谈到盐池人的淳朴。有个从珠江三角洲到银川投资办厂的人告诉我，最初接触西北农民，感觉他们个个都好，耿直淳朴，心地善良。他的工厂一次招聘了几百个农民，看他们白天干活的卖力实在让人感动。可是，正是这些白天老实巴交不惜体力的农民，到了晚上就变了，他的工厂很快发觉丢东西，有人趁黑夜拆了厂房去卖砖，抓住小偷以后，发现竟然就是刚刚招进来的新工人："你都想不通，怎么白天是他，晚上就不是他了。"

有些人，他们的心里有不止一条道德标准，不止一条做人的底线。当着人面，他可能是善良胆小吃苦耐劳的，背过脸去，他又成了极端自私的另一个人，不同的人都是他，不同的他之间好像从来都不冲突，外表淳朴又内心脆弱，看重面子又工于心计，阴柔压抑又默默顽抗着。这怕不只是西北人的习性。

技艺

过去的盐池乡间，有榨油的作坊，有酿酒的作坊，有游走的画匠，现在，想找一个合格的泥瓦匠都不容易了。农民盖房子要请一位工匠，每天的工钱是五十块，五十块钱是一斤甘草的价钱，那得翻开多大面积的土地，挖多少棵甘草。

拿出刚买到的动物造型的鞋样给当地妇女看，几个人围过来，都说没人再绣这样子了，太麻烦呢。男人们直接脱鞋，抽出鞋垫来给我看，个个都是自家女人绣的，都是些最简单的样式。

他们都奇怪我买那些图样做什么。

我说，看着好看。

四月，有些乡下人家防寒的棉门帘还没取下来，帘子上的花式都是彩色布块拼出来的六瓣花朵。我记得二〇〇二年在山西乡村见过许多好看的门帘，有喜鹊有凤凰，也很艳。而盐池的门帘好像全出同一家乡村作坊。当地人说，不是，门帘都是自家女人们手工拼的。

我问他们，不下雨种不了田的时候，女人们都在做什么。

回答是，有的打麻将，有的睡觉，村子里的等天黑，偷偷出门放羊或者结伴挖甘草，这是她们的夜生活。

在少数农民屋里，还会看到上辈人传下来的描画着民间故事或者花鸟鱼虫的老式箱柜，旧东西在乡下没人稀罕。新结婚的年轻人添置的柜子都是相近的款式，复合板，镶一条穿衣镜。

盐池县里唱牛皮影的民间艺人王老师已经六十六岁了。他十三学戏，年轻的时候，生丑净旦各个角色他一个人全能唱，现在他们有一个松散的小演出团体，六个人，有时候七人，年龄最大的七十过了，最年轻的五十过了。王老师老了，不再唱旦角，所以找到一个女的唱旦角，也四十多了。

王老师给我们讲他被陕西庙会请去唱戏的盛况：五块钱一盒的烟，还有酒，全敞开了，水果啊吃食啊，啥都有呢，演一场就能拿三百块。他说有一次连唱了一百零五天，没唱一出重复的戏。

老艺人抱出个旧箱子，里面是个旧布包裹，包裹里面是他老父亲传下来的皮影。"文革"时候，民间戏曲和皮影禁演了十年。一九六六年，红卫兵说皮影是四旧，烧皮影的火都架上了，老艺人实在舍不得，又不敢违抗，突然想到个借口，他对红卫兵头目说：我这一大包皮影子十多斤沉呢，熬了皮子，能出七八斤的胶呢，熬了胶给木匠用吧。红卫兵头目说：对着呢，不烧了，留着熬胶。于是，他的一箱皮影才保留下来。

老艺人不太情愿给我们展示他的皮影，从箱子里取几件"影人"就停手了。

问他有没有动物，他说有呢，才去翻一条游龙。

再问他有没有皇上，他又说有呢，才去反穿袍子的皇帝。

再去问有没有旦角，他又说有呢，半天翻出一个小姐。

他说，光"影人"他就有一百八十个，他也不知道这东西传了多少年，他老父亲当年买的就是旧货。

皮影艺人拿根铁钩子不断钩火炉，屋子里温度已经很高了，看来人老体弱很怕冷。我总觉得他在暗示：如果给报酬，他会主动热情地让我们看"影人"，他也会给我们唱几段。但是，金钱交易是对古老技艺最大的不尊重。我始终不提钱，他也一直心不在焉。

谈话中间，从偏房里走出一个四十岁左右的男人，头也不回地出门去了，是老艺人的儿子。问他的儿子会不会唱皮影。他马上说，他不会呢，弄这个弄不来钱呢。

他说他要是死了，这东西就再也没有用了，他想早点儿找个好买家。说到卖皮影，老艺人有了点兴致。他最热衷的好像只是两件事：等着死亡来临，皮影卖个好价钱。希望他长命百岁，好好保存皮影吧。

看过皮影，朋友带我去听"花儿"。我不觉得"花儿"算技艺，但是，盐池有西北"花儿王"。

花儿王在他的办公室里会见我们，他坐在大班台后面，右手搭在右耳朵上，唱了几种不同地域的花儿。他的西北花儿王称号是一九九二年得到的。他说，现在跟他一样的花儿王有六个。他说，老歌王一天不让位，小歌王就别想上来。花儿王放了一段青海花儿会上民众自发对歌的录音带子，然后，他说老百姓唱的都不够水准。

花儿王讲西北六省六月六青海花儿会，他强调那是少数民族的老习俗，花儿会上最重要的目的之一是借对歌的机会"借种"，不能生育的女人在这三天里享受充分的自由，希望得到怀孕的机会，所以他作为"花儿王"，在这三天里受到的爱慕和追逐是我们没法想象的。说到这些，他脸上放出得意的红光。

最后，他选了一段磁带放，说这种唱法正预示未来"花儿"的发展方向。嗬，大乐队起了，滑润端正的民歌，所有来自乡间的成分过滤得干干净净。

花儿王的春风得意很像一个生意上的志得功满者。他的同事在一边奉承，说他成功着呢。他马上说，成功是成功，就是没啥钱儿。

钱是个终极衡量标准。

听说在盐池当地没有唱花儿的传统，也没有看皮影戏的传统，不像陕北人甘肃人青海人，盐池人没这些爱好。

一个当地人告诉我，盐池人没传统。

盐池出产质量好的羊毛地毯，但是花色单调，和新疆人甘肃人织出来的地毯没区别。盐池地毯厂曾经是二十世纪三十年代的老厂，纯手工织造。织地毯的姑娘每人头顶上一盏小灯，光线都照在地毯上，看不清她们的脸。我去的时候正是吃饭时间，多数机器空着，只剩几个加班的，"临行密密缝"讲的是慈母，在昏暗里不停手的女孩子们闷头编织，每天十几个小时。她们说：累，累眼呢。

古老的技艺快消失完了，盐池人使用的每一件东西几乎都来自盐池以外的别的地方。村庄里也开了小卖部，也有可口可乐，有洗发露，而这些通通是外面来的，外来的都是昂贵的。在盐池的市场上摆卖的铁锅麻绳筛子铁铲镰刀没有一样不简单粗陋，好像现在的人们根本不再需要精致细腻可爱的东西。

羊

在盐池，羊比什么都重要，这么说好像偏颇，羊总不会比人重要吧，可是，很多人是围着羊转的。

羊的味道，半凝固的，有点燥热的，黏稠，渗进盐池所有物质的孔隙里。

盐池人说，"盐池滩羊肉"申报了专利，是宁夏最有名的地方佳肴。他们告诉外来人"盐池的羊羔子生下来就吃中草药"。不到乡下去，不可能发觉这是盐池人说顺了嘴的"营销广告"。

如果没有固定的收入，在土地那儿得不到稳定的收获，正当的经济来源好像只有羊，羊成为每个农户最稳妥的"信用银行"。

坐在一户农家的热炕上，主人的儿媳正忙着往一只奶瓶里倒牛奶，炕上是空的，只有一张皮子和棉被，并没等着喂奶的婴儿。她说，要去喂刚下生的羊羔了。饲草不足，母羊缺奶，要保证新生羊羔存活，只有像养婴儿一样，给羊羔喂奶粉。

一只成年的羊每天需要草料十几斤。一只羊羔出生后二十到三十天才能断奶。圈养的羊全靠草料生存，母羊奶水不充足。因为缺奶羊羔饿死的事儿，在盐池非常普遍。饿死的羊羔皮卖十块钱，几斤骨肉大约卖三到四块钱。引进了新品种母羊，生育率高，一胎接生双羔，母羊的奶常常只能喂活一只羊羔，另一只要趁它还活着赶紧卖掉，一般活羊羔可以卖到二十多块钱一只，只要它还留有一口气。死了就卖不上价钱。

　　一户农民养羊二十只，全部圈养，每天需要饲草三百斤，这么大数量的草在满目黄沙的西北乡村到哪里去找？所以，趁着夜黑人静去地里放羊和挖甘草的"游击队"一直存在。太阳落下去，赶羊出圈，太阳快出来匆忙赶羊回家，类似行为在盐池乡间不是秘密。无意间听到两个农民谈论自己的村长，一个夸村长，说上边来检查，村长总能及时通知各家各户羊群入圈，甘草藏好。另一个骂自己的村长不行，不保护农民。

　　星期天早上的盐池集市外，两个推自行车的女子站在街边，车把上各挂四只死掉的小动物，直挺挺的，我问了，正是卖羔羊的，车后架上还挂着几条肮脏的羊羔皮。有人说，可不能贪便宜买那羔子，说不定是病死的。

　　盐池大水坑镇的十字路口，卖羊羔的人蹲在地上，没有表情地望着风尘滚滚的大街，而他的羊羔子就在他眼前两米外，不断跌倒爬起，它正一遍遍练习站立，生下来还不到二十四小时，四条生满茸毛的小腿抖得厉害，它本能地挣扎着想要站得更稳更久一点。偶尔有人过来，随手捋捋它身上的皮毛，又起身走掉了。我说，如果给卖羊羔的人两袋奶粉，他能带上羊羔回家吗？据说不能。

中午时候，畜品市场的空地上，十几伙卖羊的还在左右张望，等待交易。可是赶集的人已经开始回家。有些羊挤在拖拉机上，有些被拴住一条腿在地上趴着。有人一手按倒羊，从脚下抓沙子揉搓它的皮毛，很快，羊毛会变得干净，会好看一些。

也许是为了表示鲜活，畜品市场里等待出卖的已经杀掉的羊，都带着血淋淋的头。过马路的时候，人就拖拉着这种带头的羊皮，慢悠悠地走。

畜品市场的一角，几十只羊已经有了买主，正等待被运走，它们紧紧地挤在一起。人接近羊的时候，羊群全都胆怯地别过脸，快速躲避，所有的羊头往土墙的角落里扎，屁股对着人。忽然，一只羊大叫了一声，它在拖拉机上，有一张油黑的脸，强有力的阵风过去，带着腥味。

有朋友带我去看羊皮加工，敲铁门敲了很久，高墙深院里跑出看门人，他身后是几条蹿起来咬的狗。厂主虽然和带路的朋友认识，还是一直寸步不离，警惕地跟住我们。外表看这里只是一排普通平房，靠着门的屋子堆放了一人高的羊皮，工人说有四百多张，脏极了，强烈的腐臭味。最深处的一间房子中有几个水泥池，很多羊皮浸泡在池子里，水池表面飘着一层白沫，因为添加了化学制剂。一间房门上有牌子写着"毒药室"。少数处理好的羊皮已经非常洁白平整，每张白羊皮被紧绷在一个木架上，这道工序是靠强力把羊皮拉平。不明白加工羊皮为什么要戒备森严。朋友说，想逃税。这个厂主做羊皮加工多年，交羊皮的都是送货上门，处理加工过后有专车来取，不知情的人看来，这里就是一间有院墙的普通民宅。

养羊带来的另一项稳定收入，就是刮羊绒。去一户农家，正好看见这家男人正在羊圈里刮羊绒，羊被拴住，羊头和四肢分别用麻绳固定捆牢，它被按倒了，用力挣扎。男主人说，要先剃短了羊毛才方便刮绒。嘴上说着，他的手一直没停，梳子似的工具紧贴着羊皮肤刮那层细绒毛。羊腿在他膝盖的顶压下抽动，但是，羊没有叫，它沉默。

我问，羊疼吗？

开始男主人说，羊疼。后来他又说，羊不疼。不知道他为什么改口。

刮羊绒的时候，羊圈另一侧，二十多只羊避缩在一起，看着这个"现场直播"。

羊绒市价在盐池最高的时候卖到过一百八十块一斤，那是前几年。二〇〇五年只能卖到一百一十块。即使这样，也相当可观。一只羊只能出七两左右羊绒。按盐池县志记载，二〇〇三年，全县羊绒生产五十二点三吨，如果这个数字确切，整个盐池在那一年里要养多少只羊，这么大数量的羊，得多少草料饲养？

在盐池宰杀场停留的时间很短，是正规屠宰，有相当的规模，听说每年春节前这里人山人海。宰过的羊成排倒挂着，每只都在滴血。有人在水泥台上快刀处理羊内脏，地上有集中在一起的一堆羊头。带我去宰杀场的人说：羊这生灵好，杀它，它不使劲叫，不像杀狗，杀鸡，杀猪，嚎的不行，羊就等着你杀它呢。

我问，羊一点儿不出声？

他回答：也就是"咩咩"叫两声。

在盐池不止一个人对我说：不用可怜羊，那就是人嘴里的一口菜呢。

盐池农民几乎家家养羊，他们又爱惜羊又轻蔑羊，有人怀里抱着羊羔喂奶的时候，也有的人正拉住一条倒挂着的羊腿往下扒羊皮。一个人说，羊不可怜，它没灵性。他家里养过一头驴，又老又得了病，临死前，这头驴围着村庄走了三圈，然后重重地扑倒在主人面前。羊就不行，杀它喂它，它都是一个样呢，他说。

风

从到盐池的第二天起，连天刮风，每天都有五到七级，当地人没觉得不正常，生活按部就班。

一个七十岁的老人说，春天不能不起风，风不来，天就不能暖，从前风也不少刮，没听说过什么是沙尘暴。

直到离开的那个早上，天空才蓝起来。盐池人略有歉意地说：你来的时间不好，过些天，马兰花就开了，到秋天，葵花就开了，再晚一点，杨树落叶，野地里全是金黄金黄的呢。我能想象那些好景色，但是，我不是为景色来，同样，我也不是想在盐池寻找贫困的极端。宁夏固原，陕西佳县的自然环境可能都比盐池恶劣，我只是想到中国西北一个普通而平常的地方。

都说风从蒙古高原来，从盐池西北的毛乌素沙漠来。但是，感觉风是自生的，它不是长途奔袭过来，相反，风离人很近，就在村中快要枯死的老榆树树根间旋转起来。

有一天起风的时候，我在王乐井乡一户农民的院子里，先是天昏黄，地下的沙土好像都松动了，风像一条带沙的灰白柔软的细蛇，沿嶙峋树根的间隙簌簌溜过，在低洼的地方停留打旋，不发出响声。很快，等我端上两碗羊肉臊子面走出灶间，经过院子向屋子里走的时候，风已经成了势力，远处的高地昏暗了，从灶房到正屋，不过几米远，感到沙土打在手上。想蹲在墙根下晒着太阳吃午饭已经不可能了。和风配合紧密的是发灰的天空，太阳像肿胀的灰色脓包鼓在半空里。那也配叫太阳？

无论多么深的角落，纸张上，床铺上，衣袖上，任何物件只要动它一下，尘土就扬起来。经常感觉摸不到物件本身，什么东西都隔着一层细麻麻的沙土，这就是在盐池的感觉。

连天的风使人有点不安，好像要发生什么事情，其实什么也没有。街上上身倾斜顶着风走路的盐池人，一切都很正常。只有我不安，头发干蓬着，里面藏着一大团静电。

二〇〇六年的杏树也已经在开花了，凑到杏树下面才看见原来是满树的花朵，几天前的一场风，让所有杏树的花瓣都是肮脏的蔫的，离远了看不见杏花，就是一棵灰暗的树。

盐池的乡下，有些半瘫垮的房子。只要人一离开，风就带着沙子跟过来，几年前还住过人的房屋，人走后很快就被掩埋，成为沙土里的废墟。

盐池境内并没有盐场，据说过去盐场归属于盐池的，后来给划到陕西定边去了。看盐场那天遇上大风中，上了307国道，有时候车窗玻璃完全被沙土蒙住，能见度只有十几米，汽车不自主地向外侧飘，风把沙土卷上道路。进入定边，沿途的行道树茂密了。盐池的司机说，定边的树就是种得好呢。忽然想到有个加拿大人搞不懂，中国的树为什么都种在路边。路边种满了树，遮挡了远处的荒野，又阻止沙子掩埋道路，这么种是有道理的。

盐场的人掀开破门帘出来，男的，穿西装戴领带，问，你们干什么的？

我说看看盐场。

男的裹着衣襟缩回屋子说：不偷盐就行。

司机摇上车窗说：哪有大白天坐出租偷盐的？

我问司机，真有人偷盐，一袋盐能值多少钱？

司机说：听说过偷盐，夜间背上大口袋进盐场，盐沉呢，压死个人，偷盐的都是男人。所以，我不像偷盐的，盐场的人也懒得多问。

大风间隙的时候，才能看清远处的盐堆，几片梯形的高台，那些盐不是白的，灰暗。

我不理解，为什么刮风天会有人畜死亡。当地人说，羊胆子小，风越吹，它们越紧缩在一起，挤进一个角落，打死也不肯动，人又急于赶羊回家，风刮得天昏地暗的时候，什么都看不见，羊和人随时都可能失足掉崖。

开小店的老板说：你还没见刮黑风呢，有一年刮黑风，我是蹲着摸回家的，蹲着，摸着公路的边儿摸到了家，那天天黑得什么都看不见。

我问：在乡下？

他说：不是，就是在盐池县城，今天，这根本不算什么风。

也有农民说：今年怕是个黑年景，要刮黑风呢，前几天刚连刮了几日，还没歇呢，又要起风了。

晚上吃饭的时候，谈起四月初的一场风，有人看了新闻，说那风都吹到了韩国。"咱这儿的风？长途跋涉都到了韩国？"

盐池人对这个消息很感兴趣，这也是全球化的例证。

带我去看盐场的出租车司机说，四月那场风，当天早上有人给他打电话，说十公里外的一个村里，有孩子让狗咬了，要他接孩子进城打疫苗，他的车在进村的路上陷进沙子，开不动了，只好去村里喊人来抬车。

离开盐池，返回广东，天气预报说又一场大风要刮过中国西北几省。

长城

长城在盐池境内东西横贯一百九十公里，隋代长城三十多公里，明代长城一百五十多公里。如果说盐池境内有历史价值的"景物"，显然长城最重要。

从省会银川到盐池县城有两条道路，高速公路和307国道，两条路修建在不同的年代，相同的是，都横着破过长城，可见两条道路的设计者勘测者施工者都没顾忌到长城的完整性，路，想怎么开就怎么开了，类似铺设道路这种国家行为，都没有对于长城的保护意识，何况西北荒漠深处的农民们，所谓长城，农民看它就是一道南北贯穿的黄土墙。

距离县城不过三公里有个村庄叫五堡，被称作"长城里的村庄"。当地农民长久以来都是在长城上盖房子建厕所起猪圈的。听说一年前，有媒体曾经以"长城遭人为破坏严重"对这个村子曝过光。到盐池当天下午，就去了五堡。村中相当一部分房屋依长城而建，在长城墙体上挖凿的窑洞都还在，有几眼窑已经半坍塌了，里面堆放着蒙灰的坛子棉衣鞋子。进一间窑洞，好像不久前这里还住过人，靠窑壁横搭的木板上整齐地摆放着辣椒，红豆，韭菜和白菜的种子们，有些盛在玻璃瓶里，有些装在印有"盐池种子站"的信封里。随我一起去的盐池人说：还是放回去，还有用着呢，春天了，要种菜了呢。

建在城墙里的猪圈，一只不大的黑猪正挺着长脸在散步。这个城墙好，结实又挡风，适合砌进房子做一堵后墙。走近一户长城人家，看门的狗拖着拴它的铁链哗啦啦跳起来咬。长城既是这家的后屋墙也是后院墙，宽敞的大院子种了不少的苹果树。一个男人很戒备地迎过来，狗一咬，他就黑着脸出现了。只好说来看苹果树。他表情松弛了点，说树都死了，正要砍掉。他对我们的不请自来过于敏感，也许和曾经有媒体曝光有关。在他的脑子里，长城就是便利的猪圈，厕所和后墙，他们祖辈以来和那道土墙就是这种古老默契的关系，只不过是这几年，总有多事的外来人，煞有介事地跑到村里讲什么保护长城吧。

出了五堡村的一段长城快被踏平了，有乡村道路破墙而过。站到长城的黄土丘上向远处望，落日陷在苍茫中，感觉明天会起风，脚下的土里散布着黑豆一样的羊粪球。

记得北京八达岭出售一种 T 恤衫，胸前印一行字：我登上了长城。谁要是穿这么一件 T 恤走在盐池大街上，就是个笑话。那道黄土墙一抬脚就上去了，有什么可喧嚷的呢。

盐池的长城除了为活着的农民提供方便之外，还安顿着死去的人。距离县城大约两公里一个加油站附近，有一座坟墓直接建在长城上。坟墓很新，取自当地的黑石片像鱼鳞，均匀地围成了圆锥形坟墓，墓前有一块黑石碑。

长城多年来为它周围的人们提供着"委身"之处。在盐池和陕西定边两县交界的一段长城前，有一块简易石碑，碑上的文字是：

三五九旅窑洞遗址
定边县重点文物保护单位
定边县人民政府　一九八二年四月二日公布

二十世纪三十年代末期，由王震率领的军队就在这一带驻守，打盐开荒，俗称的陕甘宁边区"大生产"运动。军队当年就在长城上打窑洞住，现在还能留着窑洞群。这段长城保存得相对完整，也许全靠那段军人驻扎史。

在盐池，比长城更能显出气势的是偶而出现在荒原上的墩台，全县境内长城烽火台加土墩有一百七十一座。过去年代的烽火台里囤积柴草，以备遇到突袭时，点起烽火传递信息。当地人说，那些土墩是有规律的，单个土墩每隔五里一座，双土墩每隔十里一对，是古人用来标志道路里程的。

仔细看过县志，发现盐池境内没发生过大的外敌袭击，所以这一百九十公里长度的长城就是一道黄土墙。和长城比，富有传奇色彩的是慈禧太后的发电机，现在，它就在县城的博物馆里。

这部发电机的来历有两种说法，都和宁夏军阀马鸿逵有关。一，发电机是英国人在慈禧六十大寿时赠送的礼物，后来，慈禧不在了，这部发电机在一九三五年经陆路，用马车运到了宁夏银川。二，发电机来银川是经黄河水路，逆流而上，动用了四条大船。军阀马鸿逵在一九三五年组建了电灯公司，准备隆重地向银川人展示一下当时最时尚的玩意儿——"电"。繁华热闹的银川南门拉了许多线，吊起一只大灯泡，结果，老发电机工作不稳定，忽亮忽灭，二十世纪三十年代的银川人终于通过慈禧的发电机认识电了，他们说电就是"亮一下，歇一下，亮一下，歇一下"。二十世纪五十年代，这部发电机"流落"到了盐池。

来自故宫的发动机在盐池县博物馆一角平卧着，很像个放倒了的煤气罐。

中国西北小城盐池像大地上一个蒙着土的生物，它有自己严谨的生物钟，天明亮了，车和人都活动在街市上，即使风沙漫天睁不开眼，卖馒头的也双手紧按着苫布四角，照样当街摆摊。生活本来就是这样，没什么可抱怨的。

敬 畏

大动物天山

我们由乌鲁木齐出发，一路向着帕米尔，走了一千多公里。从乌鲁木齐到喀什，差不多整整四天都在路上晃荡。一路上伴随我们的是不绝的天山。

天山不是山。它是巨大无比的动物，半卧在大地上，不见头尾。我能感觉到它森严凛冽的气息，它是活着的，人们只是经过它身体中正休眠的某个部位，奋力在那些大的皱褶之间星夜兼程，渺小地移动。

对于世界辽阔的原因，我曾经以为人能够知道，其实不是。它就是大的，我们就是小的，小不可能理解大，这是最后真理。人类的认知力想象力都使我们不具备进一步掌握真理的能力。唯一能做的，只是望着车窗外的山谷沉默。

辽阔不需要理由。自然界并不是为人而设置，沙丘、草、山壑，只是遵循它本来的样子，人被它们漫不经心地半含半吐。高速公路上检查车辆超速行驶的交通警察说：民族同志就是要开快车。人间速度和天山山脉相比，完全可以忽略不计。

羊下水

露天厨房里空无一人，梁上悬下一杆铁钩，挂着的一副羊下水。羊不见了，在几小时前它被剥去了皮、肉、骨，连脑袋都不见了，最后只剩了一小团内脏，在冬天即将到来的风里孤零零地垂悬着。

我们刚吃过手抓羊肉，正酒足饭饱，自在地散步，路过那间已经安静下来的厨房。我看见一只羊的最后残留部分，那是它的心肠，紧紧的就那么一小串。半小时前我们把它的其余部分吃掉了。一些生命享用了另一些生命，最后只留下一副心肠。

早期人类在原始部落间互相残杀，经常要先去剜取了对手的心，表示绝对的征服。而羊对于人类，不是对手只是食物，锋利的刀子一点都不迟疑，直取羊肉而弃羊心。

羊的心肠就不是心肠？

做馕的人跪着

面馕个个紧贴着布满炉膛了，下面只要等待麦子的香味出来。但是，做馕的人还守着火炉原地跪着。本来，他可以起来走动，这会儿，这么多的人围着他，他不自在，不知道该干点儿什么，只是老老实实跪着，他被端着照相机的人们紧紧围住，热锅蚂蚁一样。

气味散开，面香传遍小巷子，做馕的人转馕、取馕、卖馕，一律都是跪着的。在馕出灶前，他整个上身探进了炉膛口，向炭火洒水，火花溅开。后来，他卖馕，他的眼前全是拿着纸币的手，几十个人都像搜宝物一样要买新出炉的馕，他哪里招架得过来。等炉灶空了，人都满意地散开，手里全拿着冒热气的面食，他还没起身，这次手里捧着一个巨大的石榴，裂着红的口子。最后，他好像是需要给那条红口子跪着。

离开做馕人，我们去等待吃饭，餐厅里有桌有凳，餐厅后面，几个正分派手抓肉的农民跪在一条新挖开的土沟旁边，土沟上架着黑铁锅，这餐饭食就在这只大铁锅里，几十只空碗围住，锅里热气腾起。

食物和水果都来自于最低矮的地方，来自于脚下，取食者只能取一种姿势，只能跪着。

沙漠公路

二〇〇四年年底，我看到有关介绍，又有人徒步走出塔克拉马干大沙漠，他们的起始点正是沙漠公路，人们形容那里是死亡之旅的起点。

我发觉沙漠公路原来也是路啊，这个奇怪的想法在亲眼看见沙漠公路一直平铺向远方的时候冒出来。沙漠公路起点碑石对面有个卖瓜的维吾尔族老人，他只卖瓜而无论如何都不肯卖刀。最后，连路上的交通警察都跑来替他说情：买了他的刀，他还怎么做生意？我们说他再回家去取！维吾尔族老人急得呜呜叫，脸上的表情很复杂，谁知道他的家离这里有多远。

我再看一眼沙漠公路，安静极了，笔直极了，一条灰带子。

喀什人家

居住在喀什旧城区的人们不喜欢被打扰，蒙面的维吾尔族女人们匆匆经过，只有那些小孩子见到游人就会喊叫，要糖果，要拍照，要扒着相机看见自己，然后尖叫嬉笑。十几岁的男孩子闷着头，赶着拉树枝或者拉蔬菜的毛驴车。

听说这里过去是烧陶人的聚居地，能见到黄土高墙上排出一列陶罐，各种憨厚敦实的形状像天空的倒影。一个穿红衣裙的女人家里，长桌上摆放了很多盘的水果干粮。我们问，你家里要招待客人？女主人说，你们就是客人啊。再问，如何结账？她说，随便给。

巷子尽头出现一个小男孩，可以肯定他还不到上学的年纪，他不抬头不出声，只管自己贴着蜿蜒向下的墙壁走，那么小，又那么心事重重，有点急促而目不斜视，穿一身奇怪的灰色套装，裤子还是开裆的。巷子出口，很多比他大的男孩子，正兴致勃勃，看挖掘机轰轰地布设下水管道，小男孩照样沉思着走，好像什么都不可能惊动他，步伐结实专心致志，那神态姿势完全像个成年男子。

清真寺里的老者

老者在走路，端端的一丛黑色在移动，从高处看，他斜插过那个庭院，院子当心一棵茂密的无花果树。黑的袍子，黑的帽子，黑的胡子，全身都是黑的。他停在发暗的树影里不动了，好像在等待什么。

我透过一段铁艺镂花回廊看他的背影，很怕他忽然转身向上望。

有人在什么地方唱歌，音节悠长。

头上别一只铁蝴蝶的小男孩

这个孩子正和他的祖母说话，他们分别坐在半露天的炕上，他嬉笑着忽然揪下了头上的帽子，谁会想到，他那满头小卷毛上别了一朵铁蝴蝶别针，颤颤的，闪着金光。那是女人用的东西，我们全都笑了，他好像忘了头上别了什么，看见我们笑，才不好意思了，一双小手满头摩挲，这下子，铁蝴蝶就更颤巍巍了。他的祖母也在笑，但是，她的笑主要显出了苍老。

盲人歌者

在喀什大市场的一个出口外，盲人只顾向着深秋灰沉沉的天空唱他的歌。还在市场里面就听到歌声，在各色花围巾的摊档之间，一声声拔着高音，没想到唱歌的是个乞讨者。

出了大门，在混乱的人流里看见他蹲在地上，抽动着没有眼珠的眼睛。他的全身都在极力向上，向着某个很了不起的地方，任何人都触摸不到那儿，只有靠歌唱者的声音才能到达。为什么一个乞丐给人高傲的印象？好像他和人间没什么关联，他只是在众人经过之处放出声音。

很多人路过，专门过去，把钱放在他身前的地上，他不摸那些钱，头越扬越高，声音一直不断绝。

在甘南

去郎木寺

从兰州出发到郎木寺，要坐九小时的长途汽车，如果不下车继续向前的下一站，叫迭部，迭部还属于甘肃，过迭部就进入四川境了，郎木寺靠近甘肃四川两省交界。

公交车司机在岔路口喊我们下车。

下车只看见山梁和强劲的山风。向路口站着的几个人问去郎木寺的路，都说不远，抬起袖子向前指指，说一走就到了。事实上，这段海拔大约三千六百米的山间公路，有三公里长。山间的气流新鲜，凛冽得特有穿透力。远处的山尖在雨幕里，闪电不断，奇形怪状地撕着天，黑的云彩，白的云彩全都高耸着，幸好下雨的云彩并没来到我们头顶上。

一路上的山都像是活的，看着阴郁低沉缓慢，没准一下子就能跃身起来。贴着地，许多野花。一路上无人，无车，无声响，想搭顺风车是不可能了。想到刚才路口的人，有个单手撑着车门，也许就是拉客的，可他为什么不招呼人坐车？好像喊人上他的车很不好意思，有点说不出口。

慢慢走，身后闪出一辆摩托车，驾驶的摩托车的人穿着厚皮袍子，眨眼就离得很近了，忽然他嚎了一嗓子，天生的男高音，不知道唱了句什么。唱歌人的摩托车贴身飞过，在前面的路上不断盘旋转弯。看袍子是藏民，年轻藏民不骑马，摩托可比马快多了。

转过山去，看见郎木寺小镇。依山有一条湍急的河，翻着白水花，水声很大。这时候遇到一辆拖拉机，多少年没坐过这种交通工具，也许是有四十年了。开拖拉机的藏族小伙子穿的汉服。开始，他没听懂我们拦他的目的是要搭他的拖拉机：镇子就在眼前，还要坐车？他觉得很不可思议。车厢里坐着的另一个年轻人听懂了，伸手说五块钱，然后，特敏捷地拖起一根镐头翻身跳下车，坐到路边的草丛里，表示他们没什么急事。这辆拖拉机前面有道铁的横梁，正好做扶手，突突突突，高高在上，三分钟就进了郎木寺小镇。

镇子小得很，不用十分钟就能走到尽头，过一条小桥，那边就是四川。街上的十字路口坐着站着半躺着十几个穿藏袍的人，什么也没做，纹丝不动，极安静地待着。甘南藏人的袍子可能都是黯淡深重的颜色，即使滚在泥里也看不出脏，他们袍子的下垂拖着破了的边边穗穗，拖到了地上。有两个藏民和黑牦牛偎在一起，像三个兄弟。可不是电视里的舞者们的藏族服装。

镇子上几个快步走路的是外国旅游者，手里拿两只西红柿或者一根黄瓜，浅色的眼睛和藏人一样安详，多是长住朗木寺镇上的，不是来去匆匆随团一日游的。

听说朗木寺最早被世人了解是在二十世纪四十年代一个西方传教士发现了它，后来，传教士的后人整理出版了一本曾经和《消失的地平线》齐名的书，不过，传教士的名字没有留下来。

旅馆里

在郎木寺宾馆，交了三天的钱，开了房，大约三小时以后，有突发事情要离开这个小镇，我去找负责住宿登记的藏族姑娘，刚才开房的会客室没见到人，长沙发上铺了几层皮毛和毡子，满屋里巨大的方便面味。

找见姑娘，我说对不起，得退掉房间。她说这得等老板来，要了的房子，就是住下了，又不要了，这要等老板来处理。

好像他们把这事情看得很紧张，几个年轻人嘀嘀咕咕的，坐到一个铺了动物皮的床铺边上，用藏话讨论，好像遇到大难题了。

过一会儿有人喊我，说老板来了。逆着光看见屋子当中站着个高个子，黑的脸上棱角极其分明，穿长袍子，不像几个年轻的人穿汉式短衫。他显然有了充足的准备，他说，开了的房子要收钱的，你一共开了三天，别的两天就不收了，今天这钱要收。我说，好啊。屋子里齐齐地站了五六个人，忽然紧张的空气松弛下来，可能他们原想有一阵唇枪舌剑，结果没有发生，有点意外，好像一场很惧怕的事忽然没了，大家都很快乐。

老板说，这也是商业，都这样。

我感觉他想说的意思是，这是这行当的规矩，他也要遵守，但是，他说不好这一串汉话。

他说得对。如果我选演员，就选这位老板演个绝世英雄。

长途汽车上

长途汽车走在半路上，一个藏族妇女上车，挨着我坐下，她交给售票的人三块钱。卖票的是个回族小伙，几乎是个孩子，眼睛的颜色是半透明的赭石黄。妇女把钱早准备好了，就捏在手里。黄眼睛的孩子理着她递过去的三张淡绿色的一块钱。

很快，又上来一个藏族妇女，她和先上车的认识，她们热烈交谈。孩子又摇摇晃晃穿过行驶的车厢过来，后上车的妇女也把捏在手里的钱递过去。卖票的说：三块。他摆开刚接过去的两张纸币，意思是还不够。妇女抬起另一只手，把那里捏着的一块钱递过去。孩子很平静地走回车头去，两个妇女继续热烈交谈。

而坐在我后面的两个人发出全车最大的声音，一个上了年纪的老喇嘛和一个戴大水晶片眼镜的老藏人，两个一直在说话，他们交谈得太好了，亲密又热切，很怕自己的话对方听不到，争抢着说大声说，互相拉扯着说，一句也听不懂，说了整整一路，从合作到夏河，没停过。

两小时多的路程，长途车是几乎都是藏人，回民和汉人很少。一个年轻的藏族女人上车，她的穿戴实在太好看，棕色的大沿毡帽，崭新崭新的，毛茸茸的，毡帽顶上高挑一支禽类的斑斓的翎翅，衬在厚袍子里面的是浅粉色新衣衫，衬着她那条粉红色的手臂特别鲜艳，耳朵上垂垂的长到肩膀的饰物。她非常知道她的精心打扮会引人注意，人坐得笔直笔直，我的位置只能注视她的后背，我想象着这个美女，有时候她把脸的侧面转过来一点，能看到高原日照过的黑红。看着她，觉得这世上完全没有不愉快不健康。痛苦没有，苍白也没有。

浪山节

夜里搭车从郎木寺镇去合作镇，拉我们的小司机说，他是全郎木寺镇上唯一的汉族司机，其他的都是藏族。他的姓也少见，姓拦。

我明白了，刚才我在小街上问了不止十辆车，他们听说走夜路去合作都晃头不走，他们用汉话问：明天？我说，不是，就是现在。他们马上晃头，很快头缩回车厢里。

小拦说，藏族人怕。

怕什么，怕拦车检查，怕走夜路，怕到了合作再自己摸黑往回赶路。

黑暗的山间出现一些亮着灯的帐篷，好看极了，像夜晚的半山上参差排开的纱灯笼。小司机说，那是"过野餐"。什么是过野餐？小司机说，夏天，带上帐篷，一家人到大地上住十天，吃啊喝啊玩啊，什么活也不干，就是过野餐。我问，藏族人也叫过野餐？他不知道，他从小就知道每年夏天要过野餐。我想可能是游牧民族保留下来的习俗，不喜欢被困在房子里，依恋在野地间自由自在的生活。

小司机说，在郎木寺，汉族也跟着藏族的习俗，他们家也过野餐，也有好几顶帐篷。

后来，到了甘南的夏河，我问藏人，他们说这是藏族的"浪山节"。

从附近的村庄接过电源，靠近河流扎营帐，有的在地上直接放铺盖，有的带上简易折叠床。因为夏天，都用薄的帐篷。一路上见了上百顶帐篷，没见肮脏的，个个都白亮光鲜，形状花色什么样的都有，很少雷同。

在夜里看那些帐篷真是美极了。暖色的灯光透过薄薄的帐篷布传向野地，花一样。

白天，帐篷门打开，神秘浪漫色彩变少了，能看见帐篷里面，有人在煮奶，冒热气的水壶坐在描画着花朵的铁炉子上。

翻着白色激流的大夏河边，早上见到女人洗衣服，孩子们排成一行走过大片开黄花的油菜地，向夏河县城去。几个男人趴在河边草地上下棋，远看着摆满黑白石子，像是围棋，仔细看石子们的走法又像跳棋。几个男孩热情地过来，争着往路过人的手上放一样东西，一根缠绕成蜘蛛状的黑橡皮条，吓人尖叫是他们的目的，没人路过，他们去吓揉面的老太太，结果被拖着厚重藏袍的老太太随手捡起地上的石头追打四散。

雷电交加的晚上，我想那些在雨里住帐篷的人恐怕不舒服，出宾馆门，看见最近的两顶帐篷正掀开帐篷门帘朝天上放烟花。

去朝拜

一个汉族司机告诉我,他去年冬天从甘南开车去了西藏,从离家到回来整整走了一个月,他的小面包车拉了六个去拉萨朝拜的藏民,每人交给他一千五百块钱。

路好走,他说。都是同村的人,不讲价,一起去玩,够汽油钱了。

司机说,我们郎木寺小镇上的藏人汉人都没有做生意的,除了给游人开车以外,就到山上放牦牛,卖水果蔬菜的是四川来的,卖旅游纪念品的是云南来的,现在生活好,牦牛肉好卖。我们这儿的藏民不做生意,有了钱就去朝拜。他们喜欢外国人。

一个藏族姑娘对我说,外国人好,他们都很纯。

司机说,郎木寺的人不排外,你吃饭的那家餐馆是河南人开的,他来玩,喜欢这里,就来开餐馆了,他还要盖新楼,办青年旅馆。我们这是外国人发现的,十多年前,路还没修,他们背着包走山路到郎木寺,喜欢这的空气和人,就住下不走了。我们这山上有温泉,不告诉游客,只有我们郎木寺人才知道怎么去。

后来，我在一本自助旅游书上看到关于温泉的介绍，看来并不像他说的，不让游人去，只要付钱。

拉卜楞寺

本来，想进拉卜楞寺看看，开出租车的藏族司机一出县城就说这一大片都是拉卜楞寺的地盘，就像说，这一带都是贵族封地。可是，那天是一个星期六的中午，所有人都在说旅行团，等着大生意。

紧靠着大夏河的拉卜楞寺宾馆，上下都在忙，往一间间毡房形状的屋子里摆水果，问了，从兰州来的"团"要晚上才从桑科草原下来，中午就都摆好了，门上飘着帘子，有人有鬼有神，门神一样的图像，也有吉祥的图像。同样的门帘，在郎木寺问价三十元，在拉卜楞问价一百元。

这座著名的寺庙电视里播过，晒佛，辨经，佛学院学生生活。

平时最怕旅行团，就没进拉卜楞寺，在它的后街，年轻喇嘛和妇女们在往一辆拖拉机上装沙土，女人的胳膊跟扔铅球的那么粗。男人呢，都去当喇嘛了？

寺庙对面，一户人家正起房子，搅拌水泥沙子的和提满桶砂浆的都是妇女。

默不作声的小喇嘛

那个喇嘛走过来，穿的灰毡靴，落地无声。看他很年轻，或者不到二十岁，袒露一条结实的胳膊。绕过乱哄哄的游客，他靠近一个案几，那上面是信徒们的供奉，他在那些足够肮脏的纸币间挑挑拣拣，把五块和大于五块的理齐了，拿到手上，手里已经握着厚厚一叠。然后，他把留在台上那些小于五块的往一起攒了攒，像翻一翻正晾晒中的一小堆粮食，而被他握在手上的是粮食以外的另一种东西。

从他过来，到挑拣，到离开，全是在几乎没有光照进来的经堂深处中。喇嘛的毡靴真的是落地无声。

在藏餐馆

在甘肃南部的夏河小城里散步，因为是藏区，游人和当地人太容易区分了。八月里的一个下午，街上的游客多数是随旅行团来的韩国人，特爱护皮肤的女人们戴帽子戴墨镜，还用白布严严实实地包着脸，只露眼睛。谁知道她们是怕阳光还是怕尘土。迎面走过来那些藏族女人在阳光下面又坦然又健康，都是高鼻梁，赤红的脸。

抬头看见个藏餐馆的简易标牌，不临街，要上二楼。有个穿长黑袍的女孩带路，楼梯拐角写着很大的汉字：不要大小便。可惜，这么大字的提醒也没多大效果，味道强劲。

藏餐馆在二楼露台上摆了桌椅，上去才发觉，街道对面的二楼也都是藏餐馆，都把桌椅摆在露天，隔着街能看到对面餐馆外走廊上坐了几个年轻喇嘛，正端着啤酒，向我们这侧用餐的两个中年喇嘛致意。

虽然是八月，但是天黑后，气温骤降，藏餐馆屋里生着火炉子，要靠着炉火坐，才不会被甘南的风吹得流鼻涕。女主人拿来一张纸片的菜谱，她的汉话很不容易听懂。不懂藏菜，点了藏包子和牦牛肉，还要了炒白菜。她赶紧钻到后面的厨房去忙。

女主人的妹妹躬身穿堂而过，端了一大盘酸奶去到街对面的另一个藏餐馆，那边的喇嘛又隔街致意了。夏河的拉卜楞寺有著名的佛学院，我猜想他们是学校里喜欢浪漫生活的学生，一会儿隔街致意，一会儿垂下去俯瞰夏河街景，好像泡的是塞纳河边的咖啡馆。

在我吃饭这家藏餐馆的门廊上落座的两个中年喇嘛面前并没有饭菜，两个人对坐，桌子正中间一大支百事可乐，一人端一只杯，慢慢饮，不说话。

送酸奶的妹妹回来了，背上驮着一个捆绑在襁褓里的婴儿，睡着了，是个女孩。她说，在里面给我们炒菜的是她姐姐。感觉她们姐妹并不像，姐姐化了浓妆，脸上扑了很多白粉，遮住了高原日照留下的痕迹。

藏包子里面的羊肉都是大块的。牦牛肉刚上来，天色已经黑透了，去开灯，发现没有电。问那背孩子的妹妹，她说停电了，说得不急不慌，轻描淡写，看来经常停电。她很快就点燃了一支很短的蜡烛，直接送到厨房去，而我面前的桌上和整个屋子里一直是黑的，因为等待不需要光亮。

我到厨房去，看见姐姐的背影占满了很高的墙壁，她在炒白菜。很快，蜡烛被端到餐桌上了。白菜也上来了，估计用了很多的生抽，满盘子是黑的。

巨大的夜色中，进来了一个穿藏袍的，上了年纪的男人，他进门就坐在铺了厚羊皮的沙发上，能感觉到他一直在黑暗中注视我的举动。他自带了一个大的搪瓷碗，那妹妹沉默着，从他手里接过碗，倒满了热水送过去。

他就是来喝热水的？或者他才是这家里的主人？不知道，谁都不说话。

一家人

合作是甘南藏区的首府，天空碧蓝的早上，我进了合作客运站对门一家清真拉面馆，有戴白帽的伙计招呼着进屋。屋里刚照进一缕阳光，最深处的桌子空着，其余几张桌子都坐满了。两个年纪只有二十岁左右的小喇嘛，五个藏族妇女，一男一女两个藏族孩子，他们占了四张饭桌。虽然是夏天，在高原也要穿厚重的袍子，袍子占地方，又都是深黑深灰深棕的颜色，屋子里不够明亮。

我只能到最里桌去。所有人都安静着。

她们的面条来了，那个戴白帽的少年端着大碗，随手放在小喇嘛面前。喇嘛起身，把面隔桌端给一个满面皱纹的妇女，这间屋子里看来她最年长，小喇嘛又出去找筷子，他会说汉语，手里始终都拿着手机，吃面的时候也拿着。

等女人们一个个都吃上了面，年轻喇嘛把眼前的碗又端给孩子。

一个女人拖着沉重的袍子，起身给两个孩子分一碗面，面很烫，又很筋道，女人使用不好筷子，看来她着急了，干脆腾出一只手来，直接去抓碗里滚热的面，试着把它们掐断，满屋的人看她徒手掐热面，被烫得嗷嗷叫，全都笑了。

那个手上转着转经轮的大辫子女人始终没停，当喇嘛把满满一碗面条端给她，她把转经轮转着交给坐在墙角的女人，这样，转经轮就一刻不停地持续旋转下去。直到最后一碗面上来，其他人都放下筷子，在热腾腾的屋子里吸着鼻子了，把转经轮再平平稳稳交出去的女人才靠住墙角，她是最后一个端碗吃面的，屋子里依旧没有人说话。

满屋的羊汤加辣子的气味，这间不过十平方的安静屋子里香气四散。那个大约六七岁的女孩一定吃饱了，她笑嘻嘻地向后仰着，很满足很享受的样子。谁想到，她仰得太过了，一下子连人带椅子摔倒了，带着袍子溜坐到地上，满屋的人又一阵笑，每个人都抬手，用手背和袖子擦着鼻涕。

在合作小城这家兰州拉面馆里用二十分钟吃面，我和这一屋子藏民之间没有对话，说了也听不懂，只有两次轻松欢快的笑声，无数次呼呼啦啦的喝羊汤声。看不出他们之间是什么关系，感觉他们全是亲人。

离开拉面馆，在门口我问他们是哪儿的，年轻喇嘛回答说，玛曲。好像黄河的上游就有一支水系是经玛曲流下来。年轻喇嘛握着手机，帮正出门的妇女们拉袍子，样子端庄大方，有成为大喇嘛的气质。

环绕一座海岛

一

我说的海岛就是海南岛。

现在，我已经结束了这次旅行回到家里。在随手找到的两本地图册中，一九九五年出版的一本称，海南岛的面积三万两千平方公里，而另外一本出版于二〇〇二年的却说它有三万四千平方公里，我不知道该以谁为准。有人告诉我海南岛略小于中国第一大岛台湾，面积相当于后者面积的百分之九十五，名副其实的中国第二大岛。台湾岛人口两千多万，海南岛只有它的三分之一，人口七百多万，地大而人稀，应当是难求的好地方。

海岛，按字面解释是海洋里被水环绕，比大陆小的陆地。我使用这个完全中性的词，回避了直称它的名字，是想保持一个第一次登上这座海岛的人的客观角度，避免过早地把它和人们印象里的海南岛对号，不想被这块土地上发生过的丝毫旧事影响到。

海岛远离大陆，走进它才感觉岛是不希望人去靠近的。

上岛并不容易，要坐渡船过海峡。在广东的西南方叫海安的小镇子上很容易找到码头。我们，还有汽车，像急等着逃生的一伙遇难人，争抢着上了隆隆轰响的客货混装船。负责装车的人看来是被这份枯燥工作搞得快崩溃了，恶声恶气，声嘶力竭，指挥几十辆载重汽车和小车排列上船，车辆之间的空隙，几乎无法容人通过。船分两层，底层装车，上层载过海的人。我们上岛的时间是二〇〇二年十一月底，傍晚阴雨降温，船舱里坐满面无表情的人，上身套了多层单衣，下面却赤着干脚杆的旅客无声地前后穿梭。

海峡宽二十公里多一点，船颠簸行驶了一小时四十分。船舱内空气恶劣，几台旧电视同时放一部嘈杂的港产片。我到露天甲板上，天黑海黑，凄惨的白色射灯照着下面半暴露的底舱，正对甲板下停放了一辆带铁笼的加长货车，里面塞满痛苦的活鸡，它们一刻不停地扑打着羽毛，在臭气里拥挤挣扎。我们就呼吸着这些鸡的气息。有人说要通火车了！有人说风浪太大了！有人说估计明天停航！

过琼州海峡两个感受：生为人，看起来要大大好过生为鸡；

二十多公里的海，想跨过去实在太漫长。

二

第二天，我们十几个人随朋友同行，从海口去三亚。旅游书上对这个岛的形容是，它像一只雪梨。用一个梨字比喻它已经够形象了，为什么还要加多个雪字？

朋友在岛上生活了十几年，他带我们沿它的东线高速走，海口到三亚二百六十八公里，我们坐车，慢悠悠地沿途走了三天，住了三夜五星酒店。这位生长在北方的朋友已经成了这地方的人，我发觉，这段行程经过了他的精心安排，他要带我们观看的是印在旅游画册上的好海岛。

全球有个通行的衡量度假胜地三个 S 的说法：大海、阳光、沙滩。这三项正是这个海岛的自然状态，这三个 S 它一个不缺。我们一路住过欧洲城堡式酒店，东南亚阳光大屋式酒店，享受温泉湖景露天酒吧。清早打开漆白了的木质百叶窗，看见海景衬托着穿大花衫的服务生麻利地砍椰子，常常怀疑自己被一夜间偷运到了巴厘岛到了马尔代夫到了大溪地。

我的感觉是：美好，似乎难以表达，或者是它不想让人表达。好就是好。很难转述给那些不在好中的人。但是，五星之旅的三天，人更多体会的是那种奇异的疏离感，离开了平凡的日常，心里不踏实。虽然这种感觉有超越，但是不足够真实。同行中的一位刚从中国最北方来，他抖着刚换上的彩色夏装反复感慨：这是中了五百万彩票才该来的地方。

人们早把追逐度假当成了时尚，早习惯了不轻易动脑，舒服地似乎被动着进入了某种既定的美好模式。一年前的秋天，按照旅游书的引导，我从德国南部去了位于德国最西北端的旅游胜地韦斯特兰岛，同样要跨海峡，同样遇到降温。阴冷昏暗的小街，躲在太阳伞下煞有介事地吃过冰激凌的游人们，又丝毫不减优雅地去围拢街头艺人。德国人看街头表演也像贵族一样昂首挺胸，纹丝不动。那艺人敲打木琴的姿势其实十分花哨。但一曲结束，四周观看的德国旅游者却长时间挺立鼓掌，误把街巷当成维也纳音乐厅。一年后在海南岛三亚的一个夜晚，我们在街边吃夜宵，一个十三岁的河南小姑娘抱着点歌单，几乎是乞求着让我们听她的歌。她张大小嘴给我们尖声高唱了《青藏高原》，歌词完全不懂，是照着听来的音发出的不明歌词。表演完了接过十元人民币，小姑娘在快走快走的呵斥声里溜走。从表面上看，东方西方两种街头演出截然不同，在科隆香水和中国油腻的背后都是本质，但却都以粗糙技艺向有闲情逸致的人换几枚金钱。有人累乏而度假，有人卖艺以为生。

度假特别快地被现代人接受，就在于它使人背叛或远离或逃避了日常生活。小说家海因里希·伯尔写于四十年前的小说

《一桩劳动道德下降的趣闻》里，渔人和游客的对话就基于对度假和日常的不同理解。要达到渔人的境界并不容易。

曾经有人解释为什么香蕉在德国裔顶尖网球运动员中特别被推崇：当年的欧洲诸国中，只有德国没有入侵南半球扩展殖民地，热带的一切在德国人那里都格外神奇。仔细想想，我们今天的享乐标准其实被地处北半球的西方文明所左右，中国人原来崇尚的陶渊明式的采菊东篱下，悠然见南山，已经是过时或成为异类的向往。今天的度假好像一定要合乎大海阳光沙滩这 3S 格式。

三天的豪华之旅没什么可说的，拿一句最简洁的话形容，美丽是用钱堆出来的。

三

我们这群人在海岛的东南角三亚海滩分手，其余人原路返回，只有我和徐敬亚准备继续向西。西线高速到海口，三百六十八公里。东线高速二百六十八公里到海口。所有的人，分手的朋友、洗车场的工人、加油站的加油工都不明白，不是回海口吗？为什么不走近路走远路？

现代的人想也不用想，只走好路只走近路。但不走远路怎么能获得环绕一座海岛的乐趣呢。

有人说西线又偏僻又不安全，甚至说橡胶林里有持枪行抢的人。

一路向西，走了不到一百公里，在地图上搜索，发现附近有"莺歌海晒盐场"，徐敬亚执意绕路去看，说他中学地理上提到，莺歌海是中国含盐量最大的晒盐场。

从标示着"黄流"两字的出口下高速，居然没有一点匝道，车一掉头立刻陷进了红土路，让人感到最先进的流水线嫁被在一片荒原上。路窄车辙深陷，四周只有杂生的树和荒草，偶尔有褪色的脏塑料袋飘挂在挺高的枝头。没见到人，经过几幢空荡荡的水泥平房，我们怀疑走错了路，怀疑这是一片早被遗弃的高速公路，但地图上的公路标得笔直。二十分钟的颠簸之后，上了一条水泥路，终于遇见个穿特大号西装的年轻人，指着前面说那就是晒盐场。

莺歌海这名字的最初起源我没法查明，但是第一次听它，就奇怪地联想起毛泽东的诗句"到处莺歌燕舞"。去这片海滩先经过一个小镇中心，看地图是黄流镇，贴瓷片的新楼和幽暗旧屋新旧间杂，待在街边的人们显然很久不见外来人，全放下手里的物件，呆呆地盯住我们看。屋檐下包装虾仁的女人们，围坐着，把又软又发白的虾捞出水盆，摆在竹帘上晒，只要她们的手离开，一群苍蝇立刻飞快扑满帘子，人手落下去，黑蝇再飞开，你来我往配合默契，帘子上勉强露出一片湿淋淋的小虾。

问海滩，他们惊奇的眼神，好像我们来自外星球。惊奇得顾不上回答。

不用问，已经闻到了海味。这个海不像别的海，咸腥味极重。我们随一辆牛车一直向下，泥路尽头已经见到了莺歌海滩。当时我非常吃惊，这就是中国海滩？

海和沙滩都有，椰树也有几棵，但是，从据称海蓝云白超过夏威夷海滩的三亚出来，不到一百公里，景色差别竟这么大。海上有船，岸边有人用力牵牛，把牛车从沙滩赶下海，让海水冲洗牛的四条泥腿，然后从车上拖拽沉重的黑色渔网，把网拉上船。腥臭随风上岸。海滩上有织渔网的女人，人陷在肮脏的垃圾和粗糙的沙堆里，远不是曾经在画册画布上见过的情景。如果这也叫沙滩，它不仅气味差，还相当浅，沿着海岸，搭满了一排排木架，参差不齐，拖着短衣长布，既是屋也是床。有男有女半躺在上面，玩扑克牌，讲的语言全听不懂。

我看见的莺歌海滩，就是臭得不敢近前的海水，流民避难所一样的海岸。

离开莺歌海十公里，是叫佛罗的小镇。镇上热闹得很，仔细看，沿街两侧挤满了摊位，每张桌前都坐着手里按住一沓纸条的人，纸条像当年的地方粮票大小，印有数字，纸张印刷极粗糙。围住桌子翻看纸条的人神色诡秘，我刚拿出相机拍了一张，就有人高喊记者来了，人群立刻散开，我本能的反应是藏相机。既然这里照不得，就回到小食店里喝茶。等我们吃过饭再出门到街上，已经有三个穿制服的人候在门口，连连追问我们是不是记者，是不是拍照了，是不是马上走。我辨认不出他们穿的什么制服，不是警察，口气比警察还严厉。我们在满街过于警觉人们的逼视下，飞快地离开了喧闹的佛罗镇。

这是我平生第一次领略了什么叫天高皇帝远。

到了海口对人讲佛罗，才听说那一带地下彩票泛滥，屡禁不止。当地曾经是中国的海防前线，属边防军管辖。

四

再回到海口，整个海南岛已经不是印在地图上的一幅画了，它变成了立体的，它城中赫然的烂尾楼也不像刚上岛时那么让人触目惊心。这个远离大陆的地方有什么都自然，大美大丑都在它身上。不去环岛没可能想到这么多。不可能知道这只雪梨，它向阳的一面和向阴的一面完全是两个世界。

如果它离大陆不是远一点，而是远不可及，人不能到达，它会是什么样子，更适合居住还是更适合度假，这像一个悖论。

海岛的宝贝

海岛上的宝贝不少，哪块土地没有自己格外珍惜的秘密呢。

不过，据我知道，很多刚上岛的大学生是被几乎相同的一幅画面吸引过来的，椰子挺拔峭立的树形映衬着慷慨地给它做背景的辽阔海域。

这海岛上数不过来的椰子树们实在是不出声不作秀又最称职的广告群像。

大学开学季是秋天，兴冲冲的年轻人提着行李箱在校园的所有角落里巡游，什么都新奇，什么都要停下来细摸细看，他们几乎提过同样的问题：

树上的这些椰子掉下来能不能砸到我们？

然后，他们开始跟随它特有的慢悠悠节奏熟悉这海岛。

起初的学生作业里最多出现的是一个词"椰风海韵"，这成了他们上岛后的开场白，很可能也是他们新鲜短促人生中第一次由自己发布的开场白。

四年过去，到他们离校的时候，没有人再问椰子砸人这类幼稚的问题。

椰子怎么会用它的头去砸人，它是他们大学四年里最忠诚最贴心的伴儿，时时刻刻它都愿意帮人把秘密藏深，踏实和安全。

海岛上的人喜欢说椰子生来就喜欢与人亲近。

平时，常听说哪些植物可以接近，哪些要尽量避开，比如海岛上的见血封喉树。类似的叮嘱祖祖辈辈传下来，因为我们能选择，而植物不能，它们无情感。然而，海岛上的人偏要这么谈论椰子，好像它和其他植物不同，好像它是格外赋有灵性的。

十几年前，我刚上岛，有几个月在装修新家，房子就在大学的教工区。

就是那段时间，发现了海岛夏天傍晚特有的奇妙，每天下午五点左右，天空会想方设法聚集乌云雷电，酝酿一场急风暴雨。雨水一过，空气中的溽热变成飘荡在半空的白雾，所有的人踏着路面上的水都出来活动了。所有楼房的玻璃熠熠生辉，正沉下去的太阳把它们变成大片刺眼的金鳞，所有的地方都有水珠滚落，所有的叶梢所有物体的边缘都是活蹦乱跳的金色弹珠，在新家的前后窗口都长有成排的椰子树，阔大的叶子耷着头，水滴闪烁。

海岛上的暴雨晚霞都有灵性，但椰子离我那么近，比肩接踵的，它的灵性显然要高过它们。

雨水还在分流，我走出了楼，十几米外就是低矮席棚下的小食杂店，店主卖香烟饮料，还兼做小店后面自行车棚的守门人。见我过来，他就动手去砍椰子，他一个个轮流摸过它们的头，嘴上说：老的还是嫩的？

每次他都这么问。

砍椰子之前，先拖一下，把一大串椰子拉到他近前的刀下来，不是手去拖，是用弯的砍刀。刀尖选中了一只，定住它，用力一拉，椰子依顺他的力气滚过来，停在他脚边。有时候会觉得这个椰子不理想，刀尖拨出一股反力，把它重新推回椰子堆，再另外搭钩一只过来。

选准了一只，麻利爽快地啪啪啪啪几刀，椰子四周露出了绿皮下面有茬口的白，最后一刀一定见水，有时候椰水会猛地喷溅，一股热切的涌泉。

我抱过椰子，顺便去挂在树干上的吸管盒里取一支，这一天里面再没任何急事，可以坐下慢慢喝椰水了。

再然后，是更寂静的处处镶配了金边的傍晚在眼前慢悠悠
的滑过，明显感觉正走过眼前的是时间，是个有身体有形态有
体温的实物，悠长的躯体，像一棵很有些年纪的椰子树。

有一天，一个看样子五十多岁的人走过来，好像是从背后
的自行车棚过来的，这说明他很可能是学校的员工。

果然，他说每天都看见你在这儿喝椰子，是很少的有眼光
的人。

喝个椰子也算有眼光？

他说他是农学院的老师，他说你知道椰子的故事吗？

椰子可是好东西，真正的放心食品，没可能接触化肥农药
的最天然的饮料。越战时候，来不及送去后方医院急救的美军
伤员，医务兵就拉根树枝老藤，挂上一只椰子，直接插针头进
去，椰水可以当生理盐水注射进伤员的血管，跟血一样的饮料，
能不安全吗？

当时是二〇〇五年，学校里的食杂店和食堂冰柜里都有玻
璃瓶的可口可乐，一块钱一支，冰柜门上自带开瓶器，很多学
生都会自己去柜里取一瓶，顺手打开喝。

农学院的老师好像对可口可乐愤愤不平：椰子的价格还超
不过一瓶甜水。

那时候一只椰子也是一块钱，后来很长时间是两块钱，还

117

是没超过超市里三块钱的胶瓶可乐，不过，一块钱的玻璃瓶可乐已经不见了。

从那以后，再看见椰子，总会有不一样的感觉，每次都想这沉甸甸大头是可以直接进血管的。后来，也在不止一本书上看到和农学院老师类似说法。据说，早在一九四二年的古巴哈瓦那，有个医生同时往十二个孩子的血管里注射了经过过滤的椰子水，没有出现不良反应。不知道他是怎么突发奇想的。

椰子在古代有很多名字，最奇异的是"越王头"。

有刺客趁越王喝醉的时候，刀起血喷，取到越王的脑袋，挂到了树上，最后越王头经过风蚀干枯变成了椰子，这人头变出来的果实上还残留了越王的两只眼。这就是个死不瞑目的故事嘛。

仔细看和椰肉相连的硬壳，确实有两个距离很近的小圆孔。

传说里还形容越王头里盛装着的液体很像酒，事实上，椰汁是清爽微甜的，传说并不能全当真。

也有把"椰"解释成"爷"的，这说法，好像椰子必须是我们人类的长辈。

椰子落地后生苗，生长十五年后才是成树，椰树在七十年

到八十年进入年迈，确实和人的生命进程很像。海岛上的人还
常说椰子最喜欢闻我们厨间的烟火味，我留意了一下，果然，
学校的学生食堂教工食堂周边最多的是椰树。

来学校里摘椰子的人在深秋时候来，开着古老得快进博物
馆的拖拉机，突突突突冒黑烟，大约两三天，在学校的几条路
上有人上树摘椰子，常有背书包的学生在树下围看，一定是新
入学不久的大陆仔了，满脸的新奇，一看就缺少世事沧桑。

摘椰子的人爬得飞快，听说普通人一天能摘三百个。在泰
国南部有人专门训练猴子摘椰子，一只猴每天能摘一千五百个，
果然很能干。

椰子们扬着大头，瞪一对凑得很近的小眼睛，成熟以后，
重重地扑落在地。下面，它脑子里思索的全都是怎么样生根发
芽，为了这个，它准备流落到任何地方，这多像我们年轻的大
学生，他们在海岛上停留几年，看书背书，流汗，也可能流过
眼泪，然后离开了，走得尽量远，去另一个地方生根成长。

不久前，在岛上的文昌东郊椰林，路边看见一伙人正在摘
椰子，椰树又高又细，树龄一定不低了。

我问，这些树是你们家的吗？

他们说附近这片椰树都是家族里的老辈人留下来的。

我问，这一大片的椰林，当年土改的时候怎么算？

他们说，那时候有房有地才算财产，椰树，不算。

原来，岛上的椰子树属于私产哦。

由此可见，过去年代轻视林木，这海岛上最不缺的就是植物，就是绿色，椰子树们，它活就活，死就死，椰子滚落就滚落，世上没有椰树，人们的日子丝毫不会受影响，不像没房子遮阳避雨不行，没土地粮食不能生长。那时候人以活命为唯一，不像现在，人们要活得好，舒适安逸。

记得，一个家住万宁的学生说，他们村上的老辈人不理解住海边有什么好，风大浪急沙深，过去，村里的坟地才在海边，现在的人真是不一样了。现在四季都要"椰风海韵"来养眼，四季都要椰子水清凉的滋润。

路边摘椰人的长辈种下的椰树有七八十棵，七十多年了，每年两次采摘，算下来，也是一笔进项。现在海岛的街市上的椰子零售到了六块钱，大约十年里，价钱涨了三倍，早超过可口可乐。很多北方人也开始在网上买椰子，直接快递到家，下雪天也能喝到海岛上的味道了。一定是和大学农学院老师相似的言论打动了更多的人，能融于血的天然饮料当然会慢慢被人们接受和信任。

　　人们爱说海岛是养老的宝地，其实，最向往它的是那些曾经考到岛上来读书，毕业后就离开的大学生们，一有机会，他们就约着一起回岛上发呆，哪怕根本不可能从繁重的日常里抽身，也要不断地互相重复这妄念，这海岛情结可不是理性的决定。

　　就像一颗椰子，不管滚落到了哪儿，一定要找到土壤去扎根，然后，拖着外皮不再翠绿的沉实的越王头，耐心地挺出一个又一个纤细的长叶，兴致盎然地摇曳，紧紧握住它自己的生活，再然后，它总是想起它的海岛。

呼伦贝尔记

——人怎样活着才安然

天尽头

二〇〇六年八月十七日清早，从满洲里到海拉尔的火车上，人多得几乎没有落脚之地。当时，我靠过道坐，对面靠窗的是个女孩，始终耷着头窝伏在小茶桌上，做痛苦状。她的男友没有座位，一直站着，左右忙活着观察车窗两侧的景色，不断召唤她说，看啊，那群羊。看啊，一条河。看啊，奶牛。她拒绝抬头，呜呜噜噜说头疼。这个女孩不像有什么不舒服，只是用这种抗拒的姿势表示对车窗外可能出现的一切都不屑甚至厌恶，她一眼也不看那漫无边际的大地。我听出了她明显的海南岛口音，而她的男朋友是地道的东北口音。既然这么嫌弃男朋友的家乡，还千山万水跟他来干什么？

　　在离开了二十一年之后，北中国的呼伦贝尔大地，再次提醒我，我是一个血缘骨质信念和全部潜意识中的北人。十五天的行走中间，那种被天和地接纳之后的安稳自在，心静耳顺，连我自己都感到了不可解释的惊奇。

　　我们有意选择传统交通工具进入呼伦贝尔。从辽宁沈阳坐公交车进入内蒙古通辽，再换火车进入吉林白城，从内蒙古兴安盟乌兰浩特又换乘公交车到阿尔山。出沈阳向北三小时，四野开始空旷，一路上不断出现天尽头就在眼前的错觉。

　　通辽有沙碱，白城有草甸，到乌兰浩特出现了山丘，阿尔山连片的半山坡上，有过了火之后焦黑倒伏的白桦枝干。站在那座建于一九三七年的暖褐色石块垒起的阿尔山火车站站台上，有人指给我说，再向前走，是个叫伊尔施的小站，铁路就到了尽头。火车已经不能再走，伊尔施一定就在天边了。真到了伊尔施，它仍旧有平凡的商铺，饭店，学校，成片的民居，跟很多的中国北方小镇没区别。

　　讨伊尔施才是呼伦贝尔，要再向西向北，向更靠近蒙古国和俄罗斯走。呼伦贝尔的面积二十五点三万平方公里，东西六百三十九公里，南北七百公里。它的面积大致和英国相同，英国人口将近六千万，而居住在呼伦贝尔的三十五个不同民族的总人口只有二百七十万。它的面积是海南岛的八倍，比江苏，浙江两省面积的总和还多四万多平方公里，苏浙两省的人口是一点二亿，是呼伦贝尔的四十倍还多。所有书本上的记载都说呼伦贝尔是富庶之地，在它的空旷辽阔中遍布了高岭、低山、丘陵、河谷、湿地、草原，可耕地面积占三分之二，河流三千多条。出产麦子、木材、药材、黄金。森林覆盖百分之四十九，木材蓄积量将近九亿立方米，有中国最好的天然草场。蓄藏多种有色金属，石油和煤炭。野生动物五百多种，有经济价值的植物五百多种。

上面的数据都是事后抄来的。在不断换乘各种交通工具进入呼伦贝尔之前，没翻看任何资料，我只是想随意走走，看看草原上的人们怎么生活着。在过去年代里，用激昂的朗诵腔儿喊出来的"呼伦贝尔大草原"，在今天是什么样子。

一九九五年，我曾经从加格达奇方向进入过呼伦贝尔。当时，只是向鄂伦春人居住的区域行进了将近一百公里，见到了在同一个天空中出现了不止一道彩虹，看见了静止不动的白马，全木造的房子，清澈透明的溪流，多种颜色的野花遍布大地，保持着原始状态的北魏王朝祖先鲜卑人居住过的"嘎仙洞"，叫拓跋鲜卑的北方部落不知道在那个向着寒冷旷野张开宽阔出口的石室里居住了多久，考古者说石洞内部留下了将近两米深的生活遗迹。拓跋鲜卑是第一个靠旌旗悍马长途奔袭入主中原的北方少数民族。

二〇〇六年再次进入呼伦贝尔，我和徐敬亚只是北方大地上两个连地图都没准备的普通背包客。

蒙古人·从新巴尔虎左旗到新巴尔虎右旗

夜里八点了，只有八千人口的中国最小城市阿尔山的街道上，一个人影也没有。八月中旬已经凉了，身上一层又一层套了三件 T 恤衫。我们斜穿过街道，想去阿尔山客运站询问第二天到呼伦贝尔市新尔巴虎左旗的客车时间。完全黑着的客运站里走出一个人。他说，明天早上六点钟有车，他也要坐这班车去右旗。原来，他和我们一样，也是个旅客。夜里看不清这个人，闻到了酒味，他提着不大的长方箱子，走在路中间略微摇晃，普通话显然不太好，估计是蒙古族。走远了，他又转回来说，不要晚了，晚了赶不上车。当时我说，陌生人喝了点酒也变得格外热情。

向呼伦贝尔进发的第一个早上，净蓝的天底下停着白晃晃的客车。有人从车上跑下来，对着我们眯眼傻笑，正是前一夜告诉我们赶早班车的蒙古族中年人。他像个老熟人，带我们上车，指给我们空位置，又告诉我们，不用到车站窗口买票，等车开了再买票能省十块钱。开车前，他请我们照看他的箱子，他跑下车去在大树下面直直地立了一会儿。形容这个蒙古人的笑，只能用傻笑，单纯到了透明的那种少年郎似的笑。

车向西走，从伊尔施的峡谷里涌出一股飘忽的雪白雾带，慢慢散开着宽阔着，像一头苍白的老动物，沉稳又缓慢地逆着车行方向弥漫去，有几分钟完全吞没了我们的车。

我的前座是个穿黑袍子的老人，耳朵上紧贴着一台旧收音机，他的耳朵暗紫色，有粗铜丝般的轮廓线。他在埋头听蒙语的吟唱，一个男声，一会儿低沉的叙述一会儿激昂的哀叹，高低互相交错。伴奏的马头琴不像件乐器，更像一把木锯，跟随人声，锯个不停。大概是唱的蒙古英雄史诗吧。开车以后，乘客们都在看车上播放的录像，一家北京娱乐场所的搞笑演出。只有这个老人完全沉在絮语似的诵唱里，始终抱着收音机，车厢里车厢外，一切都和他无关。在拉锯诵经似的节奏中，我们进入呼伦贝尔。

车窗外出现沙丘，这一带正是"诺门罕战役"的旧战场。一九三九年，在呼伦贝尔新巴尔虎旗左旗辽阔的沙丘荒野间，诺门罕战役持续了一百三十五天。苏联，蒙古军队和日本关东军伪满洲国军，双方共投入兵力超过二十万，炮五百多门，飞机九百多架，坦克装甲车超过千辆，整个战役死伤六万多人，其中日军一方伤亡了五点四万。后来，这次战役被日本人称为日本陆军在远东的惨败。发生在这片荒野上的战争使日本人最初设想的向北行进对苏作战计划严重受挫，随后它才返身回头改为全面向南，向中国的腹地突进。诺门罕的流血同时影响了

第二次世界大战的整个战局，日本人就是被这片荒野中的挫败
吓破了胆，致使战胜方苏联在接下来同希特勒的作战中，不再
担忧和顾虑他的东线战场。满洲里博物馆里陈列有当年的照片，
日军二十三师团"肉弹敢死队"的十几个士兵，赤裸上身，神
经质地笑，人人手持竹竿，竹竿上捆绑着反坦克雷。

　　呼伦贝尔似乎有覆盖淹没消解历史的超能力，现在这一带
能见到的仍旧是牧草稀少的空旷大地，有些地方裸露着沙土。
当地人说，连续旱了几年了。偶尔能见到成片的正在变黄的麦
子，沿微微起伏的丘陵，浓黄的麦田倾斜着铺向天边去。有时
候空旷里闪出一间小房子，房子周围种着几十平方大的一小片
玉米或者一小片土豆，都用石块垒好围住，大约一米高，防止
牛羊啃食。更多的时候，旷野里出现大片的牛群羊群，从远处
看，它们非常安静地伏卧，最缓慢地移动，实际上它们的牙齿
一直在动，一刻不停地切磨着脚下的草甸。有蒙古人披着黄大
衣骑马放羊，上身悠闲地在马背上摇晃，有放羊的人在向阳的
坡上睡着了，头顶横立一辆闪出宝蓝光泽的摩托车。

　　这班长途公交车到新巴尔虎左旗是终点，有小男孩上车来
搀扶我前座的蒙古老人，男孩帮老人抱收音机。原来老人是个
盲人，脸色黑褐，男孩拉他慢慢停在车门口。

　　老人说：是地吗？

　　男孩说：爷爷，是地，是地。

　　老人又说：落地没有？

　　男孩说：落地了，落地了。

　　老人再说：啊啊，落地了。

　　中年蒙古人又在向我们傻笑了，我们都要再向前走，要转车去新巴尔虎右旗，打听到等车地点，我们和蒙古人一起走在左旗的大街上。特别特别大的天，大得惊人，天上重叠堆积着无数的白云彩，从来没见过这么大的天空，这么密集汹涌壮观的云彩。这个时候，跟我们走在一起的是两个蒙古人了，第二个蒙古人一下车就跟上我们，也是去右旗的，他大约四十岁，留着垂肩的长发，不是时尚的长发，是不经打理的，有点颓丧落魄的。整个人瘦削而沉默，脸面上没有什么表情。

　　十分钟后，我们在左旗畜牧站门口等车。第二个蒙古人不见了，隔一会儿，他又出现，独自蹲在路边，背对我们，闷头吃了面包吃了西红柿又开始抽烟。他始终躬着手背，把食物或者烟卷拢在手心里，好像怕被人发觉，又好像要用手袒护着它们。后来，我发现，所有上了年纪的蒙古人吸烟的时候都会把香烟的火头朝内，捏在手心里，男人女人都是。也许由于世代在草原上游猎，怕旷野上的风熄灭了火，怕别的动物抢夺走自己手里的食物，养成了这种特殊的"防守"姿势。

　　爱笑的蒙古人不抽烟，他拿出电话到墙角去打，很快联系到一辆正准备空车回右旗的出租车，他要去把车带过来，让我们原地等待。满天的大云彩浩浩荡荡，吃好了也抽好了的长发蒙古人慢慢走过来，说了他这一路上唯一的一句话：我们右旗比左旗好多了！很明显，他是对着我们说的，但是口气绝对坚定，更像自言自语，说完话，他又蹲回到路边了。

出租车来了，好像怕我们误解，爱傻笑的蒙古人说，四个人坐客车也出这么多钱。而他并没向长发蒙古人解释，大家都上车了。又是草原和旷野，草低露土，有养蜂人在山坡上摆开蜂箱，有一小片一小片的苍绿松林，远远地见到小黑人，是慢悠悠的钐草人。迎面隔一会儿出现一辆改装过的卡车，车厢拆掉了，卡车模仿马车，用木棍架成更宽大的底座，为了装更多的牧草。拉满了草的庞大车体顶上，有人坐在最高处，打坐的和尚一样。

远处出现一座色彩绛红沉着的建筑群。爱笑的蒙古人说，那是蒙古庙。后来我查了书，那是著名的甘珠尔庙，一七七一年由乾隆御批拨款，一七七三年动工兴建。是藏了甘珠尔经书的寺庙，在鼎盛时期住有四千多喇嘛的寺庙，曾经培养出一百多名喇嘛蒙医为牧民看病的寺庙。对于我，它当时就像土地中鼓出来的一块扁扁的红石头，从车窗里缓慢后退而去。蒙古人说，他不去庙，每年他都抱块石头上山拜敖包。

有敖包的山在大地上出现，一座底座安稳的锥形山，同时也看见了右旗的楼房。长发蒙古人没出声，拿出钱先下了车。

爱傻笑的蒙古人好像领受了对我们负责到底的责任，他说，他家旁边有个宾馆，挺干净，也不贵，让车直接停在宾馆门前，他指给我们一百米外一片楼房，说他的家在那儿，然后提上包走了。蒙古人走得很平常，好像不久以后还能见到，事实上不可能再碰见，他只是一个偶然遇到的路人。他和司机聊天说，他是弄农牧的。他们之间也不熟，下车前，他把他的那份车钱放在司机手边的塑料盒子里。

出租车司机姓张，鼓动我们坐他的车去附近的景点呼伦湖。他介绍呼伦湖说，就像大海似的。问他见过海没有，他说，没有。他又说，他也不想去哪儿了，就想待在右旗。

开始，张司机说包车去呼伦湖来回要一百块钱。开车上路以后，他说，看你们都挺好的人，就收八十吧。车已经上了路，一开始又没和他讨价还价，他为什么自降价格？他说，你们老大远的来我们右旗不容易。

张司机的爷爷是河北人，但是他说他是右旗人。他说，汉人和蒙古人生活在一起，受了"传染"，右旗的人都热情好客，对外来的客人，更是要给右旗人挣面子。张司机和蒙古人不一样，他健谈。他说，现在草场管理严格了，每一万亩草原按规定养羊不超过五百只，或者牛两百头。但是，五年的持续干旱，使牧草长不起来。在他小的时候，草场不是这样的，羊进了草原，只能见到一小溜羊背。马进去，草就没了马肚子。十几年前，年年夏天都那样。

在阴沉的天空下面，呼伦湖敞开着巨大而灰暗的水面，沿岸修了一些娱乐设施，稀稀落落，破坏了这块"大海"的景观。湖水带碱性，张司机带我们尝湖水，他说这几年碱味又大了，过去的水位比现在要高十几米，湖岸上留着明显的水浸痕迹。他用东北话说，这真是眼瞅着，湖就缩缩了。

张司机说离湖岸不远的滩地上有"玛瑙石"，我以为他要介绍什么购物场所。没有道路，车随便开进平坦滩地，他说，咱们下去捡吧。一年前，他就在这里捡到过"包着小昆虫的红玛瑙石"。一离开车，人自顾自解散了，眼睛只顾盯着地面。一小时过后，回头起身再找那辆出租车，已经很小了，三个人谁也没注意谁，各朝一个方向越走越远。天上的云彩跟浅灰的宫殿一样，**重重叠叠**，不知道多少层，把天压得很重，手上的石头们快拿不动了。这些估计含有石英成分的小石子，一路被我们背着，背到中国的最南方。

在呼伦贝尔的新巴尔虎右旗停留的这个晚上，我们在行人不多的街道上闲转。到杂货店问了风力发电机的价格，一般牧民家庭使用五百瓦的一种，三千多块钱。配了这种小风轮一样的家伙，把蒙古包搬到哪里都能够用上电灯，看上电视。分散在草原上的蒙古包都是孤零零的，几乎都是一个款式，从外形上分不出主人的贵贱贫富，大多都在蒙古包顶上挑出风力发机的小风轮，溜溜地转。

这个看来很普通的草原傍晚，我看到了落日和地平线之间原本的关系。已经很多年没有见过地平线了，它不断用尽全力通达到大地的最边缘，在那里环绕人间。夕阳并不只是把西天变红，事实上，整个地平线都随着那个火球降落的节奏，不断改变着颜色，围绕四周的浑圆的地平线同时红着，不是鲜艳的红，是很沉很深很低抑的红。许多燕子在渐渐蓝黑的天上盘旋交错打转，响亮地鸣叫。天空更高处出现一只鹰，斜着滑翔下坠。

蒙古人， 汉人， 俄罗斯人·在满洲里

去满洲里，又是大早上赶到长途客运站。

车开了，满车的蒙古人，一点声音都没有，车里面静极了，只有发动机声，风声。在中国内地坐惯了吵吵嚷嚷的长途车，反而不习惯，反而奇怪蒙古人的过于安静了。他们并没睡觉，不大的褐色瞳仁定着，看着正前方某个虚无处。车开动的时候，人坐得满满的，沿途还有人上车，看打扮和相貌都是蒙古族。凡半路上了车的，并不前后张望搜寻座位，他们随手把包裹放在过道就地坐下，继续着沉默。

汽车几次下公路绕进村子接人。司机说，下道了，快关窗

户！我们很快埋没在自己掀起来的尘土中，什么都看不见，只有滚滚黄烟。有人打电话预约长途车，人早都等在路边了。有个穿绣花边浅白色长毡袍的小伙子，他从一辆摩托车跳下来直接上了汽车，那袍子两襟对称绣着两束细小的蓝花。

越向西北走，草的长势越差，更多的土地和沙子露出来。前方常出现一大片蒙蒙的雾团，开始以为像伊尔施的早上，是山间生成的水雾，走近了才看清，都是赶路的羊群掀起来的尘土。

汽车进入了满洲里市区，满车的人转眼间下空了。我站在一座有庭院的俄国人老建筑物前面，和我们同车的那些蒙古人都不见了。当地人说，老蒙古啊，老蒙古在满洲里不多，老蒙古不行，不会做生意。

我相信，蒙古族可能不善于积累财富。但是，一群人一个部族的最终目的很可能不是拥有最多的实物财富。同样是来自东北大地的满人和蒙人，满人在进入山海关，得到二百六十七年的大片疆域的统治权之后，整个族人的语言风俗文明几乎消失干净。比如我的父亲是满族，而我说我是汉族，因为我不知道什么是满族。蒙古族不一样，很多传统都被这些不善言语，脑子不过于灵活的族人顽固地保留了。像民间演唱形式"呼麦"，在中国的内蒙古失传，很快又去蒙古国学回来。

满洲里因为是重要的中俄陆路口岸而地位特殊。城市由两个截然不同的部分构成，城市边缘照旧是过去的成片低矮平房。市区中心有簇新的楼群，多数是商贸城，车辆行人密集拥挤，车随意鸣笛。有个正在兴建的嘈杂广场，听说将要修一座大形喷水泉。不仔细看不会发觉，满洲里城内很少有树，我问一个满洲里人，他说，我们这儿不长树，种了也不活。我问为什么，他说，树这玩意儿，不浇水能活吗，我们这旮缺水。呼伦贝尔缺水？它能比中国的西北荒野更缺水吗？但是，种树的价值和盖楼房建商贸城没法比。楼房几个月就起十层，一棵樟子松一百年也长不到十层楼的高度，谁还愿意费力浇水种树？

什么来得快，什么带来活钱，人就涌过去做什么。好像满洲里全城的人都顾不上抬头，都忙着做商贸，商贸是满洲里的绝对轴心，全城都围着它飞快旋转。

满街停着俄罗斯牌照的车，这种车极容易辨认，无论什么车，顶部多数都加有货架。当地人说，一九九二年，满洲里只有三万多人口和一片低矮的平房，现在人口膨胀到了三十万。满街的皮衣拖鞋小电器睡衣摆出了店门，全身上下都是中国造的鞋帽衣衫的俄罗斯人进进出出。有人说，满洲里的中国商户根本不愿意接待中国人，谁用中国话去问价钱，理都没人理。中国人进店想看就看，想走就走，如入无人之境。我问，这是为什么。回答是，嫌中国人砍价，费事跟中国人啰唆。

满洲里城外的旷野上正开辟新开发区，外形像体育馆的义乌商城大楼快封顶了。满洲里人不知道义乌人会带来什么，但是人人都知道义乌人就要来了，知道义乌人的吃苦能干在外国都有名。

满洲里博物馆是一所过去俄国人的技工学校，很高的天花板，但是，地板重新铺过，是最廉价的浅黄色复合地板，厚重的四壁和天花使人感觉头重脚轻，走路飘浮。女管理员指给我一间半地下室，那儿还保留着原有的暗红色小块瓷砖。她解释说，原来的地面就那样，旧成啥样儿了，不换不行。

博物馆的展出内容可以分成两个部分：游猎民族生活征战的历史，被俄国人日本人占领掠夺的历史。有两间最独特的展室，一个大约一百平方的大房间摆放各种野生动物的标本，獐、狍、狼、鹿、鹰都站立着，看上去个个都像还英武地活着。另有一个展室全部是列宁，我数了数，有六十八座不同姿态的列宁胸像座像立像。列宁隔壁展室是其他俄国名人作家艺术家沙皇将军等等，其中有一个站着的脚步是前进状的斯大林，比巴掌略大。

坐了一辆女司机的出租车去口岸。车在口岸等待的那一会儿，围上来几个没拉到客人的女出租车司机，打听这趟活儿多少钱，听说还没讲好价格，立刻团团围住这辆车，七嘴八舌说开车的多不容易，谁愿意耽误着活儿在这儿白等，俄国人老毛子这几年乌泱乌泱地过来，他们那边不知咋的啥啥都缺，连黄瓜白菜柿子的价钱都给老毛子炒起来了，当地人今年夏天连根黄瓜都吃不起了，老毛子那边多好，看病上学都是公家包了，啥都不花钱，哪像咱这边，啥啥都要掏钱，谁家有几个钱啊，哪像有些人，还有闲钱出门游山玩水……按照东北土话说，她们在集体"念秧儿"给我听。大概有六个女人絮叨不止，目的就是帮助其中一个人多拿到五块钱或者十块钱。

钱啊，把很多人搞得颠三倒四语无伦次。满洲里人急于脱离过去的土坯平房，急于过上食有肉冬衣暖的好生活。面对团团围住的出租车司机们，我什么也不说，只要她报出个数目，我立刻交钱给她，看她顿时喜笑颜开的那张晒黑的脸。

月亮和星星上来，满洲里城忽然安静得跟草场旷野差不多。火车站前的小餐馆，满堂的惨白灯光，背对着我们的两个人在喝闷酒，餐馆老板倚着收银台，自己开一瓶啤酒直接对嘴喝。

老板问两个喝酒人：你们这是来了多少人啊？

回答：十个。

老板问：我看你们连男带女的不少人，过那边干啥活儿？

回答：说是砖厂。

老板问：给你们多少钱，讲好了吗？

回答：说是计件算钱，说一个月能拿两千。

老板说：眼看这天就快刹冷了，这时候过去能干几个月？

回答：说是干七个月。

老板问：啥时候过那边？

回答：还没拿到手续，还得等几天。

老板好像被提醒了，提着酒瓶凑过去对两个喝酒人说：就在我这儿包伙食，肉馅包子羊汤，散装酒管够，一顿一人十块钱，你俩回去合计合计咋样？

两个人始终没应承什么，继续喝酒，很少说话，完全背对着我，看不清他们长得什么样，说东北方言，大概三十岁到四十岁之间，好像在暗中商议什么。他们所说的"过那边"，就是跨越国境去俄罗斯找工做。

有个通行的说法，中国人到了满洲里像到了外国。我们特地去市中心一家俄罗斯餐厅吃午饭，感觉这里既不像中国也不像外国，嘈杂，一把刀叉哗啦一声放下来，餐牌粗陋，桌布皱巴，属于四不像。

从满洲里去海拉尔，火车上开始并不是很多人，很快，这班慢车满满的了。旅客中多数是出外打工的农民，提着工具的，提着牛奶桶的，提着扎了腿扑腾的活母鸡的。人人都好像认识，任何人都可以和任何人搭话。

刚出满洲里，沿途就出现了树，可见当地不是不能长树，只是城里人已经没有"闲情逸致"去侍弄浇灌植物罢了。沿途在铺设第二条火车轨道，人们探出车窗去说：老毛子这条老铁路不够用了！牧草依然少见，沿途更多的是黄沙丘陵。一个滔滔不绝的年轻人和对面一个中年蒙古人说话。他说，几年没回来，实在不敢想连家乡呼伦贝尔也快成沙漠了！他说，他小时候上山，采一筐蘑菇回家，经常被他母亲挑挑拣拣扔掉大半筐，因为是蘑菇就有毒，十几年前根本没人吃的"毒蘑菇"紫花脸什么的，现在居然都上了桌，变成绿色食品好蘑菇了。我是第一次听到凡是蘑菇就有毒的说法。年轻人发感慨，蒙古人眯着细眼睛沉默，周围人不接他的话。

蒙古人总是沉默，但是他们不卑微，不慌乱，不呼叫，不逢迎，男人在草原上骑着马，女人大步提着牛奶桶走，卧着立着行走着，坦然自若。蒙古人天然地属于这块土地，和牛羊牧草一样，都是呼伦贝尔这个了不起的母体亲生的生物。

鄂温克人·密林

草原在离开海拉尔以后不久就出现。草原中间有蓝绿色的河流。火车转向北，去根河。有人说，现在才刚刚进入呼伦贝尔最好的地方，很快森林出现了。因为是去山区，不是去大城市大地方，火车上不少空位子，旅客的表情松弛悠闲，探出窗，能看到我们这列火车的绿尾巴拖在有光斑的密林间。想到五年前在德国比利时法国荷兰几国间坐火车慢慢旅行的那段时间。欧洲中部偏北几个国家和中国东北几省区纬度差不多，植被山势风光很相像，在这个星球上，谁的山川河流不美好。

在根河小城，住了这次行程最"豪华"的宾馆，一百四十块钱，讲好的有二十四小时热水洗澡，实际上只有凉水。在呼伦贝尔只要提到洗澡，当地人脸上马上出现多此一举的神色。也是在根河，第一次看到呼伦贝尔地图和一本简要的旅游小册子，第一次接触到了有关当地基本情况的数据。平时，这些数据都被官府衙门收纳掌管，老百姓是不知道的，从始到终都不知道，渐渐变成了毫不关心，哪个人没有数据都照样过日子。

旅游小册子说：根河市所辖人口十八万，地域南北长二百四十点四公里，东西长一百九十八点八公里，面积两万平方公里，共居住着十八个民族。一年中无霜期只有七十天，最低极端温度零下四十九点六度，年平均气温零下四度。根河是蒙古语，意为"清澈透明的河"。它的森林覆盖面积百分之八十七点二。境内野生植物一千多种，野果资源三十多种，国家保护动物六十多种。有四百多条河流传流其间。有沥青路和沙石路共两千九百四十一公里。境内有大兴安岭最高峰奥科里堆山，山高一千五百二十米。

趴在宾馆吧台上的小伙子说：你们是来野游的？

野游。是二十世纪六十年代的说法。

我回答：是，来野游。

小伙子说：我们这旮没啥好看的，看看敖乡吧，有鹿啥的，别地方没那玩意儿。

现在说敖乡，就是驯鹿鄂温克人在根河市郊的定居点，过去的敖乡在更北方的满归乡深山里的敖尔古雅。二○○三年，被称作最后游猎人的鄂温克和他们的驯鹿集体离开密林，搬迁到根河附近。鄂温克人的新居排列整齐，积木块似的红顶房子，空空的街上没人。这里现在安置了六十多户，每套房子两户，每户面积三十多平方。在定居点侧面是学校，住宅后面是鹿圈。曾经，政府希望驯鹿能适应圈养，但是，谁也没想到鹿比鄂温克人更难适应这种人为的迁徙，驯鹿的野生习性不可能在短时间内改变，它们开始生病死掉。几个正守候在路边，等待迎接外来参观者的公务员对我说，二○○三年秋天，鄂温克全部迁下山以后，他们曾经被组织起来，利用工作时间上山割青草回来喂鹿。他们说：驯鹿不领情，那嘴太刁太挑剔了，只吃老林子里的野生新鲜苔藓蘑菇野果，这东西我们上哪儿整去？结果政府出一百五十万建鹿圈，却养不活它们，死了二十多头。现在，年轻力壮的鄂温克又赶着鹿群进山了，鹿圈都空着。

有几户鄂温克的门口悬挂着出售鹿茸的招牌，我们进了一个院子。一个年轻人满口东北方言接待我们，进了房子，玻璃柜台上有猫头鹰和小鹿制成的标本，白粉墙高处挂一架威武的鹿角。他不停地说，买回家去当个摆设呗，老好了，老有档次了。

　　这家里两个女人，见了陌生人转身低眼，赶紧躲避到外面去。一个是年轻人的媳妇，一个是丈母娘，她们是鄂温克，而年轻人是当地汉族。他说，孩子发烧，她们没见过啥世面，吓得麻爪了。

　　两个鄂温克女人轮流抱着几个月大的男孩在外屋和院子之间徘徊，在手上传递那个小人儿，那种恐惧和不安，是在深山密林里远离人群才会出现的不安。

　　她们两个都相当矮小和宽脸细眼，对于外人明显有戒备心。听说，属于中国北方三少民族的鄂温克，人口的死亡率比其他民族高很多。而不停诱导我们买小鹿标本的这个家庭的汉族男人，不太在意鄂温克女人们的感受。不过他说，在敖乡谁家新生的孩子都要报到北京去，国家都要登记造册。

　　这时候，这个不大的家庭里，照进了上好的阳光。年轻人带我们看他们家很小的卫生间，据说冬天集体供暖。

　　我问他，你家有驯鹿吗？

　　他犹豫一下才说，我丈母娘有鹿。

　　很快，我发觉驯鹿在当地是个敏感话题，年轻人听到鹿，眼光额外地闪亮又隐讳。

　　这个家庭的真正主人应当是年轻人的丈母娘，她在山上有驯鹿，由她的儿子在放养。将来她不在了，驯鹿会归属于她的儿子。这个汉族年轻人试探过丈母娘几次了，他说，你看我们

这不都结了婚，孩子也有了，再拨给我几头鹿，以后日子就好
了。但是，老太太始终没有答应。按习俗，鄂温克家庭财产不
分配给女儿女婿，除非长期入赘。他说话的时候明显表示了没
有得到驯鹿的失望。

鄂温克定居点最显眼的建筑是政府管理者的楼房，门口贴
着鄂温克家庭参加社会医疗保险的通知。鄂温克博物馆正在做
开馆前的最后收尾，馆长说，还有三天就对外开放了，破例让
你们进来看看。有人在给真人大小的鄂温克萨满搭配服装，有
人在摆放桦树皮船。馆长说，他也是鄂温克。看来他不像，我
见到的鄂温克多矮小，而他相貌堂堂，高大健壮。后来在山上
的放牧点问过才知道，这位馆长属于别的部族，不是驯鹿的鄂
温克。博物馆里出售非正式出版物《敖鲁古雅的鄂温克人》，
收录了二十世纪九十年代鄂温克猎民的人口普查详细记录和鄂
温克几大姓氏族谱。

鄂温克人的由来有几种说法，我接触到的资料说，他们早
期生活在贝加尔湖一带，唐朝叫它"鞠国"。清代叫它"使鹿
之邦"，"产狐貂之地"。一六五八年沙俄占领清领地，他们被
迫迁到了现在的中俄两国界河额尔古纳河右岸中国一侧。

按照网上的数字，敖乡现有七百一十六人，鄂温克人二百
三十二人，驯鹿七百一十八只。而当地人的说法，驯鹿有两千
多头。

跟着向导小张，他开车带我们去看三十八公里外的鄂温克放牧点。他的妻子就是鄂温克猎民。出根河十分钟就进入林区，这里的白桦树不是单独孤立的一株株，它们是集簇丛生的，每簇常有六棵以上，像山坡上发足了力气生出来的一只只白指头的长手。

沙石路上遇到横着的栏杆，是林业局设的关卡。小张拿出备好的一盒香烟喊人，有个高个子年轻人慢悠悠地从坡上小屋晃出来，收烟放行。小张说，林业局的人这些年惨啊，国家不让伐树，有人一个月拿三百多块钱，穷得叮当的。小张自己过去就是当地木材加工厂的会计。

山间很多溪流，木桥陈旧枯朽，林并不像想象中的密，但是跑三十八公里没见到一个人。最先看到的人的痕迹，是一辆被桦木杆围着的摩托车。小张说放牧点快到了，处于游牧状态的放牧点没有电，没有通信设施，完全与世隔绝，只有临时搭建在潮湿松林间的粗帆布帐篷。煮饭只是在林间临时搭的土灶。很快林间出现两顶帐篷，一个五十岁过头的大个儿男子穿过森林大步迎出来。

向导小张先说，鹿在家不？

大个儿说，鹿都在。

小张又问，就你一人在家？

大个儿说，他们一早上下山了。

　　这个放牧点平时住着三个人，大个儿和他弟弟，都是汉人，弟弟的妻子是鄂温克，下山的正是弟弟两口子。没有鄂温克，使在放牧点渡过的这一天变成了四个汉人在松林间的一顿野餐。我相信驯鹿们能凭直觉识别和亲近鄂温克人，所以这个中午不自在的是驯鹿们。

　　它们在距离帐篷大约五十米外趴伏着。大个儿说他有四十多头驯鹿。林间开辟了一小片空地，驯鹿们多数都在瞌睡，围着几根冒着烟的树干，按惯例鄂温克女人平时负责给驯鹿喂盐，点燃木炭给它们驱赶蚊虫。驯鹿寻找食物是在夜里，从不用猎人跟随，有时候驯鹿会走失，鄂温克人要去找它们。但是，小张坚持说鹿是不会走丢的，他把那些动物说得有点神化，他说鹿总能自己找回家。

　　开始，向导小张和大个儿很热情，不断指着鹿群，介绍哪头鹿茸好。一头鹿斜侧着试探着走过，接近那顶墨绿的帐篷，头上两棵青青的充满了细茸毛的角，像两根生长在秧苗上的朝着天的嫩茄子。大个儿说，这就是最好的鹿茸，不老不嫩。向导小张说，到哪儿能找到这么真的东西，你眼看着按倒一头鹿，直接切茸，绝对掺不了假，外人来放牧点都是奔着买茸啊。

　　我问，会流血吗。

　　大个子男人说，多少尚点血，有药，上了药就止血了。

　　我们马上说，我们不买鹿茸。

能感到这两个男人脸上的不快，他们想的是卖鹿茸。

有一头鹿挺立着威武雄壮的角，高傲地站在不远处，对我们冷眼旁观，好像它什么都知道，非常小心地防范人的接近。

大个儿在山上的放牧生活有二十多年，也娶了鄂温克妻子，她前几年去世了。他在透进一些阳光的林地间燃起树枝做午饭，这两个都娶了鄂温克女人的汉族男人自顾自在火灶边议论政府的民族政策和资金分配，大约由于不买鹿茸，他们对我们的兴趣消减。

林间很多红色野果，随地垂落。离开帐篷几十米，树木才茂密，落叶松高的树冠集体发出低沉的轰鸣。大约一米长宽的白桦树皮一张一张地展开，晾晒在树下。我觉得脚下总是软塌塌的，像踩到了什么，仔细看居然不是落叶，是一棵倒伏以后彻底腐烂掉的松树，像这样一棵直径三十公分的松树从松子落地到长大，最起码要一百年，或者是雷电，或者是虫害，或者是人为砍伐，它倒下了，又不知道经过多少年，它渐渐松软如泥。大概再过几年，就很难再辨认得出它是一棵树了。在当地，这叫"倒木"，不能再叫树。这就是最原始最常态最自然的尘归尘，土归土。

稍微认真地辨别，才发现自然倒伏后渐变成泥土的松树并不少，平均十几平方之内就有一棵，倒木埋在积年落叶下面，使在森林中走路总感觉脚下不踏实，好像会塌陷。

　　游猎中的鄂温克在密林里选择放牧点，最重要的是选择水源地，从人和鹿的生活区域向上走三百米，一只白搪瓷碗作为暗号挂在树上，穿过树林，看见了溪水。看上去水很浅，正缓缓漫过许多石头，透骨的凉，石头表面结着厚度超过两公分的青苔。水源一定选在放牧点上方，不会被人和鹿污染，鄂温克人一直都这么做。有一条已经弯曲了的朽木浸在水流中，全身缠绕着苔藓落叶，像条冬眠的蟒蛇。

　　下午了，我们四个汉族人在松林间吃简单的午饭。大个儿端起酒，用无名指点了酒，默默滴在松软的土地上。驯鹿照样半睡半醒着，真正的主角鄂温克人缺席。

　　说到为什么和鄂温克结婚，大个儿说他就喜欢在山上的生活，自由自在。小张的理由竟然是喜欢玩枪，鄂温克猎民一直可以配枪。现在不行了，没看电视？国家要管理枪支了，他说。

　　这两个人之间讲到最多的当然是钱。大个儿说，前一段有家电视台来了，呼呼啦啦架起机器，让鄂温克演示赶鹿上山挤鹿奶割鹿茸等等，反反复复折腾了一天，天快黑了才说到付费。大个儿出面谈判，要价两千元，电视台的人只肯付两百元，强调节目是非营利的。大个儿说，一听我就激了，我管你盈不盈利，我图的什么呢，给你表演了一溜儿十三招！他说到生气的时候，连连喝白酒。

　　送我们离开，大个儿说他们这个放牧点就要赶着鹿迁移了，到四十二公里处。

回程的路上，向导小张说，给你们说说刚才这个大个儿的底细吧，他原来就是个老盲流，要比精明，鄂温克人哪能精过他？他现在鹿多，收入多，日子过得可好了，政府每五年给我们敖乡猎民户发一顶帐篷，他都攒着呢，光新帐篷他就好几顶。鄂温克是有新的就不用旧的，他呀，他可精明大发了。

这两个汉人，看他们在见面的几小时里惺惺相惜，无话不说，显出足够的亲密。没想到，反过身来，全不是那么回事了。

自从在根河市郊鄂温克居民点，见到那对有点惶恐的矮小鄂温克母女以后，我就感到不安，我们侵扰了她们的安静。对于养驯鹿的游牧鄂温克，由好奇心带来的"问题"完全可以忽略，世界上本来没问题，凡问题都是人为的。

就像我不能接受按下驯鹿的头，强行切割它们的角，我们不应当去刻意接近鄂温克，探求他们的内心，打乱他们的生活。只要知道在呼伦贝尔北部大兴安岭密林里不止有山有水有树，还有人还有鹿。足够了。

林区人·在满归

看呼伦贝尔地图，再次找到一条铁路，它停止在正北方大约两百公里外的满归镇，再次受到把铁路走到尽头的鼓舞，我们马上去买了夜间到满归的火车票。

午夜十二点，满归镇子上没有几盏灯。只找到一家开着门的小旅店，十块钱一个床位。店里的女主人说明天一大早，长途车就在门口发车去一百多公里外的黑龙江省漠河县。我们说，我们不去漠河。她很奇怪，你们就到满归？来我们满归野游？我要问厕所。女主人说有哇，在后院。

通过光线黯淡的长走廊走到天空下，头顶上稀淡的有些星星。遍地黝黑的不知道种的什么蔬菜。墙角堆满了木柴。松香味，室外厕所味，大地入夜后发出的土腥味综合在一起，形成了北方乡村的特殊气味。厕所的肮脏和二十世纪七十年代完全一样。女主人看我站在院子里不动，她回到房子里，一会儿提出一个痰盂来。谢谢，我把痰盂放在院子里。

天亮以后，才看清这个铁路终点所在的林区小镇。四处安静得跟无人之城一样，冷风强劲地带来潮湿木材的味道。受到国家政策严格限制森林采伐的影响，原来效益不错的林业系统严重萎缩，曾经是国营满归林业局所在地的小镇明显地萧条。很多空置的房子，上锁的，半坍塌的，挂出出售字样的。有一排贴过新马赛克的临街平房，连门窗都没有装，已经废弃了。

镇上的最大建筑物是林业局。它对面一座三层楼，听说是林区动植物标本齐全的展览馆。馆里没人，一把环形自行车锁锁住两扇玻璃门。星期六，林业局门前的空旷大街上十分钟里都没有人，没有车。

奢侈啊，到处都是实木。从栅栏到房子，木板铺满了各家的庭院，有些一直铺到街道上。劈柴堆得和民居一样高，有全松木的，有全桦木的，气势非常。

在无霜期只有六十天的满归，人们仍旧有办法种植几种蔬菜，歪歪扭扭的西红柿，红皮小土豆。小集市上，卖菜的并不吆喝，少数摊位上摆一只电喇叭，翻来覆去地说："辣椒土豆茄子。"更多的商贩沉默着，偶尔有人接近了，他们才懒散地问一句："来点儿啥？"

好像完全没有事情做的人们悠闲地在木门口靠着，嘴里喷出葵花子皮。小马路上有机器正轰隆隆地处理松果，满街浓重的油脂味。只用半小时就横穿了小镇，然后，我们也和满归人一样傻坐在街边嗑葵花子，渡过一个没有内容的最动物性的下午。

下午五点钟过后，满归街上忽然热闹，上山采野果的人们回来了。摩托车声不断，车上一般有两个人，都穿戴夸张，厚的棉裤棉衣外加长塑料雨衣，长筒胶靴，有的人直接在棉裤上裹缠了几层塑料布。他们采的是都柿，一种紫黑豆一样的野生果子，远看是黑的，盛在改装过的白塑料桶里。

同一条街上出现三家收购都柿的门市。磅秤当街摆开，条桌当街摆开，专人负责过秤，专人负责开票，有脖子上挂着皮包的人负责按记录在纸条上的都柿重量兑付现金，井井有条，全部流水作业。收购现场的气氛喜幸得很，称重量的，付款的，守着都柿等待过秤的，全都是大好心情。我走走坐坐看了两小时，没看见丝毫的争执，没卖家计较斤两，没买家挑剔成色。几个正等待过秤的人议论，昨天一对夫妇卖了一千块钱的都柿。其余人说，那么拼命干啥？嘴里这么说，领到了几张红色百元纸钞的人神采飞扬的，发动摩托车一溜烟走了。

满归街上没参与都柿生意的人们照旧做自己的事，走自己的路，对傍晚的这阵热闹毫不关心。我问了一个卖水果的人，她说吃不了那辛苦，早上三点多就上山，今天是报了有雨，都回来得早，遇到好天头，晚上七八点才下山，图什么，就图多挣那几个子儿？

一九九五年在加格达奇我尝过都柿和都柿饮料。当时，都柿是让当地人发愁的东西，虽然已经能够加工制成果汁，但是没市场。满归人说，三年前，都柿卖一块钱也没人收，到了去年，每市斤的收购价是五块五毛，今年最高到过九块六毛。这个价格是每天变化的。我在满归那一天的收购价是每斤八块五毛。两天后，我在根河的市场上问都柿，一斤十五块。

都柿忽然受欢迎，满归人说是被外国人看上了。已经专门有人有机构大量收购天然的大兴安岭野果，制作蓝莓果汁果酱，看重了它是纯粹的绿色食品。山里人说，靠山吃山，过几天又要上山采红豆了。在海拉尔满洲里这些大地方的商场能见到瓶装的都柿果汁,但是,街头的柜台冰柜里,销售量最大的当然是可口可乐百事可乐。

除了采都柿果外,更多的人是在雨后上山采蘑菇。满归镇上的居民主体是林业局职工,在中国东北部山区,夏天极短促,剩下的就是长时间的严寒。冬天的下午三点多天就变暗,早上九点才看见太阳的光,中国人不像生活优越精神脆弱的北欧人容易患上"冬季忧郁症"。曾经靠森林砍伐为生的人,现在改靠采摘山货为生,算是严酷的自然对这些住在高寒林区人们的补偿。虽然他们不富裕,但是看起来安逸满足。

满归镇上不能使用手机,没有信号。当地人说,屁大的地方,要那玩意儿没啥用,架了信号塔再招来雷电山火就全完了。在林区,防火比手机信号重要多了。只要天气预报有雷电,满归的电视信号一定中断。我们住了两夜,第二夜就碰上一场不小的雷雨,大地闷闷地震动,电视信号立刻消失。

打雷,被上了年纪的蒙古老人称作"天叫",是恐怖神秘的事情。天忽然呼号喊叫了,显然不是太平安宁的征兆。所以,林区的人在这种天候里安稳地躲在松香味道的家里,满归的几条小街像个无人城。

从满归回根河的火车大清早开出,火车从这个森林小镇,向着根河海拉尔之类,所有比满归要繁华要热闹要富裕的大地方去。

和我们面对面坐着的是一对母女，女人三十岁刚过，孩子六岁。几天前，她们从另一条铁路的尽头莫尔道嘎来满归看望孩子的父亲。雷雨刚过的早上，林间出现彩虹，它艳丽地跟着火车跑了一阵才消失。这两百公里路途中，几乎没有自然村庄，行进几十公里会有一个林业局，山沟间的炊烟蒙着一片黑平房。

坐在对面的女人说，满归哪有我们老家好。她的老家莫尔道嘎是另一个林区小镇。

在呼伦贝尔的半个月里，除在满洲里外，我多次听到人们由衷地说自己的家乡好。在中国其他地方，人们常常急切地表达对外面世界的强烈兴趣，探问和向往那些大地方大城市，在呼伦贝尔，这样的人很少。

莫尔道嘎女人很善谈，她说，她丈夫负责满归的森林管护。不像一般的林业工人，她丈夫非常忙，每年从四月到十一月一直要上班。一般的国营林场职工，现在每年只能在冬天工作两个月，计件付报酬，每年能拿到五千块钱，"撑死了"拿到一万块。她没有说她丈夫的收入，但是，言语闪烁中透露着优越感。森林管护说具体了是在林子里巡查，防范火灾隐患。今年满归林区失火九次，她丈夫参加了八次扑火。管护工作辛苦，常年住帐篷，林地潮湿，人人有职业病。她说，现在镇上正住着上海来的技术人员给当地安装微波设备，将来满归就有手机信号了。全满归要数管林人最需要手机，所以，她丈夫将是最先有手机的人。她重复说了两次，手机当然是公家给配。她说她丈夫还负责阻止进山采山货的人，防止把火种带上山，因此和当地人常发生冲突。

林子里还有金矿呢！她总是想强调她丈夫的工作很重要，她丈夫是管事管人有点权势的干部，不像一般工人工作工资没保障，她说她娘俩这次来探亲还住上了当地最好的大套房。

快下车了，她说，今年采山货的都采疯了，我老公也采了不少。

她又对六岁的女孩儿说，儿子，说吧，下了车咱下馆子去，你说咱吃饺子还是吃小笼包？

一声不吭的小女孩始终在玩弄一只巴西龟，不管母亲说什么她都不插话，偶尔抬头望望母亲的嘴巴。明明是个梳辫子的女孩，却口口声声被喊成儿子。

几小时后，又在根河客运站见到这母女两个，女孩正吃着一块面包在候车厅里来回奔跑。女人捧着半瓶矿泉水。她们好像并没有下馆子。虽然在当地，这母女俩"卜馆子"也不过二十块钱。

俄罗斯族人·额尔古纳草原

从根河到额尔古纳，向西南走，公路断断续续沿着清亮的根河。山势渐缓，平坦辽阔的草原出现，牧草发出秋天的金色，割过的草场上均匀散布着浅金色的干草卷。草地间夹着溪水，湿地，河谷。很像比利时郊区滑铁卢。两小时的路程，除了临时停在一个养蜂人的小屋前，车上几个穿制服的公务员样子的人下去买蜂王浆，养蜂人送他们上车之外，再没有见到人。两个小时，感觉汽车纯粹在天和地之间的扁平缝隙里穿行，天上是卷云，地下是平铺到天边的草。

从根河到额尔古纳，是呼伦贝尔平原和大兴安岭山峰交错重叠的地域，一百年前几乎全是原始森林，淘金者，闯关东者，侵略者和妓女最先到达这里，听说在靠近黑龙江一侧有一处七百座坟墓的妓女冢。

额尔古纳小城不大，但辖区辽阔，南北六百公里，东西五十公里，有几百条河流。面积二点八万平方公里，是深圳特区内面积的十倍。辖区内人口八点五万，每平方公里内平均不到三个人。

额尔古纳市虽然已经升格成为一座城市，细部还保留着淳朴的小县城痕迹。主干道电线杆上装有大喇叭，每到傍晚播放新闻。站在额尔古纳的大喇叭下面，我忽然想到，自从离开了北方的真正意义的大城市沈阳，我们一路上走了两千公里，再没见到过报纸这东西。进过两间新华书店，分别在根河和满洲里，都是只卖儿童读物和辅导教材。

呼伦贝尔有着最神奇的吞没力，多重大的称霸历史惨烈战事都被它的天空大地快速消化，重又恢复到纯自然的生命状态，呼伦贝尔只有植物和动物，没别的。

在额尔古纳客运站询问去中俄边界的黑山头口岸。几个坐在一张方桌上用东北方言热烈交谈的人回过身来，他们都有黄褐的头发和浅色的眼睛。其中一个小伙子说，一会儿就跟着他的车走。他是俄罗斯族，自家承包了一辆中巴，专跑额尔古纳到黑山头线。

中巴很快就沿着根河河谷走。经过新落成的一片几十座蒙古大营，威武雄浑，坐山坡面河谷，营帐雪白，帐门口猎猎的旗帜。烽烟已起，大王点兵，战事临头的感觉。它们是为发展旅游新建的，落成后第一项活动刚结束，中俄对弈围棋，只是下棋只是下棋。

车一出额尔古纳城，上来一个用彩色头巾包裹着满头金黄头发的老太太。她和车上的很多人都认识，他们讨论当地刚刚发生的一起杀人并自杀未遂的案件：一个外来打工的人用刀刺了他的雇主整整二十刀，随后，对准自己的腹部连刺三刀之后，被人拦下，两个人经过救治都没有死。车上的人都说，该给人家工钱就得给人家，这理还用说吗。这已经是当地发生的第二起杀人案件了，二〇〇五年，一个曾经给雇主家做工的人在被欠薪空手离开两年之后，重新上门来找活儿做，雇主误以为他是走投无路又回来投奔自己，没多想就留下了他。两年以来一直嫉恨着的打工者，很快杀了雇主，以这种极端的复仇方式结束了别人和自己两条性命。

车上的人们很小心地发表议论，能感到他们保留着一些看法，有人只是试探性地发表一两句不关痛痒的意见。更多的是发感慨：咋就为一点儿钱送了命，无冤无仇啊。

后来，当地人说，这些年，放牛收草挤奶，很多人家都要雇用外来人，雇主和雇工之间纠纷明显多，连我们这地方也不太平了。刚进入呼伦贝尔，我就问过，这边的安全怎么样，当地人回答我：好啊，我们这儿太平，那么多班客车轰轰的，从来没出过翻车轧人啥的大事儿。回答者好像完全没有留意到，我这个从广东来的人最关注的是社会治安。

中巴跟随着渐渐开阔的根河河谷走。

我问，主河道在哪？

有人扬一下手说，东边。

我又问，东边哪里？

回答：三十公里外。

人的眼睛望不到那么远，只能看见茂密的柳树向着河谷间的低平地带散布。

在黑山头老镇，有人指着河谷中间一片浅沙滩说，那儿过去就是老镇政府办公楼的位置。一九九八年根河发大水，一夜间冲垮了那儿的所有房子。现在，政府搬到后来建的新镇上，这一带只留下一片开阔的自然河滩，不知情的人绝不会想到这里几年前有过建筑物。人以为人的力量了不起，而消灭人的力量起码是同样的了不起。一九九八年前的样子已经想象不出来，再久远的更无处求证。黑山头附近有元代成吉思汗军队遗留下来的城墙。当地人说，就是些不高的土沟土台，风吹雨浇都快平了。深山汪水密林人迹罕至，是这些给了呼伦贝尔大地复原的力量。

中俄界河额尔古纳河面有丰盈的水。天上过大雁，像小学课本说的，一会儿排成一字，一会儿排成人字。水面上掠过大翅膀的水鸟，嘎嘎地被游艇惊飞。

隔着河水，能看到对面的俄国村庄，灰暗，一片静寂，和中国这侧的乡村类似，都是低矮的平房。从地图上看，离口岸不远，有个叫普里阿尔贡斯克的小城市是一条俄国远东铁路的尽头。

我问俄罗斯族司机，那边的生活怎么样。他有点儿含糊地说，也挺好。他有护照，经常过去。我问他，过去干什么。他说，没啥，溜达溜达，玩儿。

在额尔古纳河边的小木屋里卖游船票的，是个说不好普通话的浙江妇女。我问她离家这么远，能习惯吗。她说，习惯，在那儿不是挣钱，在这没污染，空气好的。

　　黑山头镇上有四分之一的人是俄罗斯族，过去的比例大得多，近些年外来打工的多了。并不像中国北方乡村，民房相对整齐，大致都会坐北朝南。有几个院子是刷了白漆的木栅栏。一个人扛着很长的木梯子走过，满头电过的褐色长发。

　　午饭在一户挂了"俄罗斯风情游"招牌的俄罗斯族人家里吃的。他们一家刚送走一个旅行团队。男主人指给我们看他家那幢五十多年前建的全部原木房子，当地叫"木楞房"。他说，当地政府春天派人来过，说这房子不能拆，要保护，要申报当地的百年老屋。

　　他们的菜园种了土豆西红柿茴香芹菜辣椒西瓜豆角，一把铁铲插在土豆地里，到点火做饭的时候，就挖开泥土，从土里翻找几个土豆。靠着菜地有大排牛棚，另一个大围栏里堆了很高的牧草。这个家庭的占地比豪华高尔夫独立别墅大得多。

　　一个老人在菜地间的空地上造一辆俄罗斯式马车。车体已经有了，铁轮子安装好了，黑漆的轮边加了油光光的描红边线。老人说，我这车就差装修了。他说的装修是把坐人的椅子做成布套装饰一下。同样的车他已经造了第三辆，前两辆以每辆一万的价格卖给村子里。这辆车他准备自己留着。他说卖到这个价格，因为是靠全手工制作，在那边也没有人会做这种车了。他指的在俄罗斯。老人原来是个铁匠，又自学了木匠。附近有家小修理铺，有火炉子，他常去那儿做铁活儿。他试探着问，这辆嘎嘎崭新的俄国马车，拉上游客在镇子上转一圈收多少钱，收费十块多不多。

听人夸奖他的车，老人很高兴。他脸上的来自俄罗斯的痕迹并不明显，岁月能使不同人种的面容在暮年趋于同化吗？他说，他母亲是俄罗斯人，父亲是中国东北人。他听母亲说，当时是红军和白军打仗的时候。白军败了，他母亲才跑到中国这边，后来和中国的父亲结婚，没再回到俄国去，和母亲同时来的人有些回去了。被他轻轻带过的红军和白军打仗，显然就是俄国的十月革命。

这个家庭的"木楞房"里悬挂着一副最重要的照片，画面满满的，面色忧郁的俄国老太太和戴毡帽的中国老汉。

午饭摆上桌，刚烤出来的咸面包，茴香牛肉饼等等。在这个最偏远的中国乡村家庭里，窗上有白纱帘，下午一点的阳光，照在红油漆过的木地板上，桌上铺了淡格子的纯棉桌布。在相通的另一间屋子里，他们一家也在吃午饭，有台布，但是没有刀叉，他们用筷子，盛汤用碟子。造车的老人独坐桌子顶端，君临天下的，一个人自斟自饮。而他的儿子已经换上一件非常破旧的衣服。他说干活了，要去拉草了。

黑山头俄罗斯乡附近，有座平地上突兀而起的不到百米高的山丘。山丘上散布着几十座坟墓，坟墓间有不高的野生花草，粗砾的石子。山丘顶部是个发射塔似的建筑，两个从黑龙江省过来的汉人临时住在上面。

他们点着纸烟说，这地场，养人啊。

他们又说，这地场的人都怎么放牛？大早晨把牛往河滩里一赶，晚上牛晃晃悠悠，自个儿就回家来了。

在山丘顶部仍然看不到根河主河道，它被森林和支流深深埋伏。能看见的只有辽阔。远处有一块黑土，像刚染了一样的黑，夹在黄坦坦的草地间。杨树的叶子已经开始黄了。

坐在山丘半坡上，我忽然想到，如果我能生活在呼伦贝尔，做个放牛的挤牛奶的种土豆的人，是不是就不再需要写字，写作是不是将彻底失去意义。

慌乱·在海拉尔火车站

离开额尔古纳返回到海拉尔，整个人有点恍惚。好像一只草原上的羊被强行牵进闹市。过马路，汽车鸣笛，扛包裹赶路的行人，等待上火车，都成了事实上的某种威胁。

海拉尔狭长挤迫的站前广场和候车室，难民一样人山人海。把全呼伦贝尔两百多万人都装进来，大概就是这么拥挤。每个人都焦急万分，逃亡奔命一样，生怕被什么落下。各种各样的行李被飞快地塞进轰轰的安检口，再慌不择路地前冲过去，拨开所有阻挡，抢夺自己的行李。人人被一种奇怪的惶恐控制感

染驱使着，好像慢半了步，就会被永久抛弃，错过奔往一个更
美好更幸福地方去的列车。

临近上火车前的最后半小时，我躲避到火车站一侧，看见
它最早期的建筑物上还保留着一九〇三年的字迹。一九〇三，
是海拉尔火车站建成的年份。海拉尔的蒙语意思是野韭菜，书
上说，海拉尔的羊吃了野韭菜，肉质才最好，而被现代喧嚣惊
吓发慌的羊，肉质和神经一定都是最坏的。

小小的海拉尔火车站破坏不了我的感受，所有的慈爱从容
宽厚安逸，我都从呼伦贝尔的大地上领受到了。

大约过了整整三天，脑子和脚步才重新恢复了原有的灵活。
估计一头草原上的羊从慌张到安详也需要三天。

安　放

——关于我们生存背景的札记

安放那些孩子

安放那些老人

安放那些女人

安放那些流人

安放那些灵魂

安放，我们过去经常听到的安放，好像专门被有名目的逝去者使用。我们听到有义正词严的声音在高处说，某某某某被安放在某某某某革命公墓。

按常识，向台面上摆放一个大的玻璃瓶，再贵重再谨慎，也不会使用安放，那只是放，不涉及"安"。

可是我想，安放应当是对应着一切生命的。

作为大地，它有责任安放每一个落地者，不分尊卑高下，它要像他们不可选择地依赖于它那样，使他们得到安生，这是它必尽的义务。

最近的几年来，我去过一些地方，看到一些非常平凡的人和事情，渐渐觉得"安放"的重要，它是个大词，是个必须重新用一颗肉的心去理解的新概念。

安放那些孩子

进入了二十一世纪的中国村庄是妇孺们的天下，有力气有胆量的人都去城市了。他们自己在陌生又"富丽堂皇"的城市落脚还很艰难，他们的孩子大多只能留在乡村。

在黄河沿岸密集的村子里，女人们靠着中原特有的高院墙，孩子们在细腻的黄泥里追逐。曾经我遇到五个突然跑到照相机前面来的男孩，五个完全赤裸着，想被照进相机。其中一个爬上了汽车前厢盖，但是，马上蹿下来，尖声号叫，中原的太阳把那片铁皮晒得锅底一样烫，光溜溜的孩子不知道。这一群，五岁，七岁，八岁的都有，都没有去读书。他们一刻都不能安静，总在嬉闹耸动，像从发臭的河里刚钻出来的几条顽皮的黑鳗鱼。那村庄所在的一带，就是被称作魏晋风骨的竹林七贤的故乡。

在山西，在北方的冬天里，穿着开裆裤的孩子，沿着结冰的土路踉踉跄跄地跑，露出开裆裤的屁股冻了，像夹着两条正在腐烂变色的香蕉。

河南一个县城，正是麦收季节，新开出来的大路边到处是晾晒中的粮食，晒粮人的孩子们在争抢一只竹蜻蜓。那种东西，我在二十世纪六十年代见过，还以为早绝迹了。那种最简单的玩具，两只手用力搓，竹片就能飞上天。追抢飞机的孩子因为跑进了刚摊开的麦子，被他们的母亲恶声咒骂。

二〇〇二年元旦，在山西洪洞县的街上，一群人每人牵一条威猛的狗招摇过市，队伍后面颠颠跟着一个孩子，大约八岁，或者九岁，也牵一条黄小狗，一路都在追赶。由于狗们急于向前冲，把所有牵狗人都显得昂首挺胸，像一群"戴镣长街行"的英勇赴死者。我问街上慌忙躲避让路的，他们回答说，学校操场要举办斗狗竞赛。很快，在墙壁上见到了告示："世界恶犬大战"。

我了解洪洞县，只是京剧"苏三起解"，唱词里有一句"洪洞县里没好人"，让当地人气愤又无奈。"苏三监狱"的旧址还在，卖门票的比买门票的多，看起来都是些正当读书年纪的小姑娘，她们说，唱戏的诬蔑咱洪洞呢。

许多的乡村少年因为各种原因不再读书，真正哭喊着要读书而交不起学费的，少于主动离开学校的。学费是一个原因，但是不能忽略一些乡村孩子患上了阅读困难症。读书的结果，如果不是离开乡村，读书就变得毫无意义。一个河南武陟县的少年留在家里，父母下田，他没有去帮忙，只是打牌抽烟睡觉看电视，四处逛逛。他说他脑子有病，看书脑瓜疼。我问他为什么不帮家里割麦，他说他家那点儿麦，一夜就割完。他所说的一夜，是用机器。农民算过了，用机器比人划算。人呢，就常常闲着，午睡后在大桐树下打纸牌。一看书就脑瓜疼的说法，在贵州、吉林、广西、江西都听到过。玩耍和读书相比，当然后者要痛苦。

等一个农民的孩子明白了读书的好处，已经很难再回到学校了。在贵州织金，我见过一个出外打工几年又回到初中读书的年轻人，坐在教室的最后一排，站起来比他的同班同学高一截。

在广东的清远，在河北与河南两省交界的乡村里，都见到没有读完初中的孩子看守家庭养鸡场。露天里借着树干，搭一个简单席棚，架上蚊帐，薄木板铺榻，枕头边有小的半导体收音机，南方北方居然完全相似。清远的男孩子榻上有一本无头无尾的《故事会》，北方的孩子铺上反扣一本路遥的《平凡的世界》。他们都显得孤僻寡言，没有和陌生人讲话的愿望。

我过去不知道山西有个叫解州的地方，当地人说他们的关公庙在世界上是最大规模的，我看了那庙，确实古旧，保留还好，雕梁画栋的。我刚到解州，就听人们说，日本鬼子打到了这儿，都没敢动这座关公庙，好像它对于入侵者有超常的震慑力。

在庙门外吃拉面，到处是污水的肮脏路边，一个少年弯腰在一只汽车轮胎似的橡胶大盆里洗脸，那张脸像一只不大的黑土豆，他大声唱歌，谁看着都欢快，黑盆里的水被这个歌唱者溅起来很高，亮晶晶的。不远处，是一张临街的面案，一个妇人正用力揉一块巨大的面团，我误以为他们是母子。妇人歪歪脸说：我雇的，刷碗的小工。

下面就讲到小偷了，偷窃犯案现在越来越猖獗，但是，我说的这个小偷顶多是个"准小偷"。

小偷出现在郑州市区临近北郊的一个还没几户人住的新住宅小区，后来知道，他在潜入别人的屋子之前，已经在小区里露宿了两天，没被人发现。小偷沿房子的雨水管爬上二楼，进入一间卧室，估计时间很短，他只是偷喝了房子里的一罐饮料。房子里的住户回来的响声惊动了他，他躲进卫生间。住户恰好上楼直接进入卫生间，偶然回身，看见门后又黑又扁地贴着一个人，住户下意识地喊叫，小偷立刻跪在地板上磕头。很快，小区的保安和保安队长都来了，有点兴奋，要把小偷捆上押送派出所。当然，在刚见到小偷的时候，保安们狠狠踢打他，被住户劝住了。

大家喝令小偷，掏出口袋里的所有东西，担心他怀里藏有凶器。翻遍全身，只有半包烟，几张电话磁卡。保安们说，磁卡正是小偷打开房门的作案工具。

住户看小偷相当年轻，问了，只有十八岁，再问，家住在相距不远的中牟县。住户感觉这还是个孩子，不是职业盗窃者，起了怜悯心。而被迫脱光了衣服的小偷一直吓得发抖，颠三倒四地说他家里穷得很，上不起学，吃不饱饭，爹娘都有病，他实在没办法才跑到城市里找活路。住户和保安队长商量，决定开车送小偷回家。

小偷非常害怕上汽车，大约他认为这些人肯定在骗他，一定会把他交给警察。直到看见出了城，出现了他熟悉的田地，小偷忽然松弛了，甚至迅速变成了一个平常人，左右环顾，欣赏麦田和杨树。一路上几个人都劝小偷还年轻，要把握自己，好好成个人，他似乎没什么心思听。临近了中牟境，他心情更好，热情地介绍，哪里有鱼塘哪里有果树，他已经快成一个导游了。

随行的保安队长让小偷指出他的家在哪，小偷才又警觉了。小偷的家不仅是新的贴了磁片的小楼，平光光的院子里还停放着拖拉机摩托车，小偷的父亲不够友好地出来，责问这几个来人是干什么的，保安队长让小偷自己讲。这个时候的小偷又恢复了"小偷"的胆怯，声音很小话语很简单，他只说了五个

字：我摸了他家。他的父亲立刻脱掉脚上的鞋，满院子追打
儿子。

事情过去不到半年，又是这个小偷忽然打电话给房子的住
户说，他缺钱花了，想向叔叔借点钱。被拒绝后，一个星期，
他再次来到小区，这次是等在大门口，提出见那个好心的住户，
保安们认出他是小偷，恶声说：你还敢来，再看见你，看打不
死你。把这个十八岁的乡村年轻人吓退了。

显然，这个孩子不是因为贫困才做小偷，他内心里的最大
动力是厌恶乡村，向往城市，但是，城市里没有他的落脚地，
没有足够的钱，城市就不是他的。

二〇〇二年，河南的一份报纸上登载过这样的消息：一个
人从一九七四年，他还年轻的时候开始了第一次偷牛，被判刑
十年。出狱后一年，他再次偷牛，判刑五年。一九九四年，第
三次偷牛，又判刑。一九九九年，他第四次偷牛，第四次入狱
一年六个月。二〇〇〇年冬天，他赶着第五次偷来的牛沿着京
广线走，被发现抓住，被判刑两年。

我相信教化，也粗略了解沿黄河生存的古人有着最悠久漫
长的文明教化的历史，先贤有关的言论典籍，历史上有太多的
记录。但是，教化和人的本性是相悖的。对于生在了乡村就是
乡村人，正像"法官的儿子就是法官"一样，一个不甘做"乡
下土佬"的孩子，除拼命读书之外，他的出路实在太少，他的

眼前只有一堵墙。而对于没有希望没有未来的人，羞耻已经不算什么，没有羞耻感的人，妄谈人格，荣誉，尊严。

安放那些老人

老人们被遗落在乡村，古人说的"父母在，不远游"已经过时了。

在重庆巫山，我见到一个八十岁的"钟点工"。佝偻的老太婆每天要去邻居家，给那家正读书的孩子做每天的三顿饭，那三个孩子的父母在东莞打工。

人人出门远行"搵食"，决定了乡村老人的孤独，他们已经习惯了，不再要求什么。过去的年代，乡村人的忠孝概念多数是靠说书人口述说唱传播，而现在，说书人几乎绝迹，忠孝离开民间，端坐回很少人关注的民俗类读物上。

我要讲的这个老太婆住在河南武陟县，圪垱店乡观音堂大队王东店村。河南人口稠密，村庄们几乎是相连的。村庄里有椿树、榆树、桐树，包围着参差的房子，我去的时候，所有的树上都有蝉在用劲儿叫。这个村子每个农民有六分土地，在那一带属于正常，不多不少。

老太婆在她的院子当心坐，双腿上摆放着她的针线笸箩，她使用的线是那种多年不见的粗线，老太婆正在做棉衣。她有五间泥屋，土墙的厚度超过三十公分。她对我称赞这些泥屋说：咦，冬暖夏凉。老太婆的语言简洁到了极限，她叫麦子是一个字"麦"，叫玉米是"黍"，叫黄豆是"豆"，叫棉花是"花"，叫黄河是"河"，全是单字，好像她和这世界的关系已经单纯得只剩几个单字了。

院子里种有葱、瓜和青菜，房梁上挂着毛泽东像。灶上有一只容器，像只锅，三条支脚的，古时候鼎的形状。屋里还有一架织布机，是老太婆早年的陪嫁，最好的梨木，由她的父亲亲自动手造的。她几年不织布了，机器一点用处都没有，还占着地方，她想把家里那部织布机处理掉。儿女们说：咦，一堆糟木头谁会要？织布机就一直放在本来不大的屋子里，老太太想劈了它烧火蒸馍，还有点舍不得。我问她，村子里织布机还多吗？她说有几户。我真想有个大屋子，存放各种各样的织布机，这事再不快做，它们就都被烧火蒸馍了。老太婆不太理解我为什么喜欢织布机，临走她送给我一块存放了二十多年的床单，是她亲手织的。

五间老屋旁边起着新屋，是她小儿子的新房，摆的电视柜子，双人床，结婚照等等，墙上糊的吉祥年画和明星照。儿子在这屋子里结了婚，很快搬到县城去了，每月花费三十元，租了筒子房，房间是卧室，大走廊就是所有住户共用的客厅。那里我后来也去过，老太婆的儿子给老板跑车，从广东向北京运蔬菜，据说老板养着一部快报废的车，时速只能开到三十公里，每次出车老板都要亲自跟着，由他付一路的各种收费。

老太婆家里还有老太婆的妈妈，八十四岁了，我没有见到，他们说她串门去了。村上人都说老老太婆很倔强，小脚，没人爱跟她说话，嫌她头脑不太好用了。但是她很能骂人，有时候说这个女儿家对她不好，让她吃不饱，她生气了就拿上两个馍，天还没亮，她拐着小脚出门，走大约十公里，到另外一个女儿家。过一段，再以同样的理由带着馍走回来。她用小脚走路并不慢过常人，听说还走得更有劲。老老太婆一次要连续吃六个煮鸡蛋，任何人在吃东西上都不能劝她，"让她吃去，她饿怕了"。家里人很随意地笑她，因为老老太婆听不见，耳聋。她因为"吃不饱"而"出走"已经是一个不新鲜的笑话。

老太婆家的田地很近，她带我们去，拔出刚熟的花生给我们吃。那一次我才知道，新鲜花生刚离开土能有那么嫩，那么好看，每颗都是粉红见白，最尖顶那儿一小点儿红。个个都像刚出生还没啼哭出声的婴儿，即使和婴儿相比，新出土的花生也是惊人的均匀纯粹又安详。一棵花生结七十粒到八十粒。河南话把花生叫"长生"或者"落生"。老太婆告诉我们，稻子熟了的时候才好看，"黄朗朗"。

田地附近正在修高速公路，需要就地取土，大型铲车取走了农田地表的熟土，又造成了许多土地低洼积水，好田变成了坏田，每亩政府给了三千块的一次性补偿款。但是，老太婆说：地不给好庄稼了。

过去，这一带打一口井的费用是一百块，十几米深见水。现在，常常交出一千块还打不出水来。

老太婆有六个儿女，没一个守在她身边，除那个跑京广线拉水果的，另五个家庭都住在城乡接合部，围着郑州讨生活，很少回到乡下来，老太婆常常一个人守着五间泥屋。

土地改革的时候，老太婆不知道她的成分怎么填，她的娘家人富过也穷过。是别人告诉她贫农好，她就写了贫农。老太婆的丈夫曾经在兰州做铁路工人，他们一家当时住在城市，二十世纪六十年代，丈夫固守"老观念"，认为农民就要回到自己的土地，辞了工作，带着一家人回到河南家乡，高高兴兴地分到了土地。这个"致命"的选择被儿女们责备怪罪了几十年，使他一直感觉欠了小辈的人情，抬不起头，心里不乐。

一九九四年老太婆的丈夫六十二岁，一次，带着孙子出去玩耍回来，说身上不舒坦，并没大碍，还去割了一斤牛肉，一口气几乎都吃了。第二天说难受，临时拿树枝绑了担架抬他去乡上的医院。走到半路，他叫住儿子，说不去了。他认定，去了就回不来。儿子们由着他，又转头抬他回家，在邻村找了土医生，吊水，吊到一半，人就不行了，就下葬埋了。我简直不明白一个人怎么会死得这么突兀这么快，六个儿女对老父亲又处置得这么轻率。但是，他的儿子说：那有啥法，俺是农民。

用河南话说出"农民"两个字，特别干厚，硬实，韧。

我问老太婆，为什么不去县里市里和儿女住，她说她要礼拜。

在今天中国的乡村，很少见到这样寡言但是泰然平和的老人。她不慌张，不谦卑，不迎合，客气而端庄，慢声低语给我们介绍她的家。她的黑暗木床上放着一本《新约全书》。老太婆信教快十年了，每星期都去乡间教堂礼拜。教堂是附近三个乡的村民自筹资金建的，外墙涂的水泥，室内墙壁地面也是水泥，即使在乡间，也是不能再简单的公众建筑物，唯一不同的是修了一个小的尖顶，大约二层楼高。

离开老太婆的家，见到各家院子里都堆放着比金黄再黄一些的玉米粒，一个小脚老太太抱着一捆芝麻秆在村子中间的小路上嘚嘚走，芝麻有两米高。我是第一次见芝麻秆，真像人们说的芝麻开花节节高。

另外一次，从洛阳去仰韶的土路上，遇到一个倚在麦秸垛上的老人人，车已经很临近了，她突然伸手拦车。小脚，不说话，不太灵便地直接爬上车。问她去哪儿，她说去礼拜了，要回。我估计她是要回家。问她哪儿下，她的话完全听不懂。走了大约两公里，她拍车窗表示她到了，弯着腰爬下了车，完全不出声，也完全没回头，拐着转进了黄土垒成的村子。四周到处都是黄的，偶尔看见几个院子里的小井，在冬天的下午，井口一个个大的冰坨闪亮。

我好像在等待她说句谢谢，她也许该笑笑，或者看我们一眼，或者抬一下她的手。但是除了背影什么都没有。再想想，她有无数的理由什么都不说，她的世界里，没有谢谢。人应当是容易受到感染的动物，只有她被尊贵地对待，才会友善地待人，她凭据什么要心怀感激？

安放那些女人

从河南到黄河急转弯的风陵渡北上山西境，走不远，可以见到高崖处悬着的牌子，我们经过的时候天色已经暗了，恍惚见到"杨贵妃故里"几个字。"故里"附近相当荒凉，又走大约十公里，才见黑了的半山坡上晃晃的放羊人。传说中倾国倾城谗君害国的杨玉环就是出生在这片黄土之间？

有一首流行歌曲里唱：东边那个美人，西边黄河流。可是，那个冬天的傍晚，东边绝不见美人，西边枯水都不在流动。

我从来没相信过传说中的美人之美，能被称为美人的人少得很，我几乎没见过。

我们临时住在河南郑州的几个月，家里有个按时来做杂务的女工，姓张。小张的那张脸，和所有中原产麦区的女人们一样，被结实的面食快速催成的圆胖红润。刚认识的前几天，她总是跟在我后面讲她的遭遇。小张的家在乡下，十六年前不顾家人反对，找了个有郑州户口的人结婚，挨了十六年的打，到二〇〇一年离婚，她和她生的孩子还都是农村户口。读小学的儿子跟了丈夫，因为丈夫承诺能给儿子在城里上学和搞户口。没有了儿子，小张受打击很大，儿子对于她的心理非常重要，没有儿子的人就是"没材料的人"，回到家乡也没人看得起。小张说前夫现在正和两姐妹住在一起，就是说同时有两个女人，她还强调，女的也是农村的。

小张一直想打官司，想通过告前夫，得到经济补偿，每天都看电视台的《今日说法》。看到那些涉及伦理道德的内容，一定啧啧感叹说：咦，净是些昏事儿。随后，勾起她自己的心事。她自己总结她的失误，十六年前，太想找个有城市户口的人了。小张经常对我讲，某家的媳妇被公婆男人虐待，有挨打的，有被赶回娘家的，有莫名死去急急掩埋的，全都有名有姓，她能讲出很多类似故事。

隔几个星期，她会去学校门口看儿子。守住放学那一会儿，母子两个能在街上说话，她给儿子买些零食看他吃完。她能高高兴兴地回来，一定是儿子被学校表扬了。

很快，小张开始化妆了，眉都描了，买了一瓶洗面奶。有人议论她和一个刚从新疆来的男人住。我去过她那几平方米大的临时住处，四面墙上挂的全是书法，像个小的展室。附近一家私立学校倒闭，她很遗憾知道消息晚了，有用的东西都让别人抢了，她只能捡这些黑字回来。新疆来的男人是个瘦子，住进小屋后几乎不见出来活动，偶尔天黑以后，看见人影晃过。人们说那个男人只是图小张这儿有个睡觉的窝。

很久以后，我才知道小张还有一个女儿，一直留在乡下，十多岁，读初中了。她母女两个关系一般，女儿怪父母偏心，从来没把她带进城里。小张也很少提到女儿，好像她只有儿子。对女儿的轻视她也不回避，她直接说：男尊女卑嘛。

小张做不好事情，一定捶打着她的围裙说：又干这没材料的事！如果想说不太好，她就会说：真是不老美。事实上她经常做些"没材料的事"，错了就傻笑，像个小姑娘，完全不像两个孩子的母亲。

有一天，小张从外面狂奔回来，说在市场看见她男人，好像跟住了她，好像要打她，她藏到我屋里不敢出去。我发觉，这个女人给前夫吓破了胆。想想在城市里的十六年，她没有了男人孩子房子，除了借到一间拿书法当糊墙纸的几平方大的住处，城市给了她什么？而她又要收留一个两手空空来路不明的男人。

有时候，我看着眼前走动着这个活灵灵的生命，她一点不丑。高兴了会唱歌，唱歌不走调。说到伤心事会哭，流眼泪而抽泣。傍晚会跑到院子深处采野菊花，握在手上欣赏。冬天从菜市场抱回大白菜，腰都不弯直接扔在地上，扎开两只冻得红肿的手。如果她留在乡下，生活也许好过现在。更多的时候，小张一点儿不痛苦，不仅唱歌，还和我们一起挖地，种了一片健壮得很的葵花。有一次，她母亲来看她，她们母女站在一起，一个已经是城里人打扮，另一个是提着布包袱的，沉默的乡下老妇人。小张在母亲面前忽然变得高傲，指点这儿，指点那儿，好像城里的一切都尽在掌握中。小张的悲哀，全在于她要逃离乡村，做个有面子的城市人。

体面地活着，不该是一个人的奢望。

更多的妇女守在村庄里，无穷无尽地劳动而忍受贫困。有一次在东北的辉南县，听见一个摆地摊的妇女说：这一天没干啥，一张大五元就出去了！她卖一种叫山枣子的野果。而我喜欢她手里提着的一种木头刻的模子，她说是俺山东家蒸馍用的，蒸熟了馍，往案上一扣，就扣出条面鱼儿来。那东西好看，大刀阔斧地刻出一条肥胖的鱼型。妇女说，过去都是自己蒸馍摊煎饼的，现在的人懒，什么吃食都去买了。

而山西南部的冬天里，家家户户门上挂的棉门帘，嘴对嘴两只喜庆的花喜鹊，还都是女人们一针一针绣出来的。艳的用色，拙的构图，都很好看。另一次经过陕西米脂的一座石桥，桥上坐了十几个妇人，都包着头巾，手里拿着布和针低头做活

儿，黄暖暖地晒太阳。见到来人，齐齐的抬头，像电线上停着
的一行鸟。传说中的米脂的婆姨，并不比其他地方的俊秀，在
比米脂再偏远的黄土崖深处，衣服鞋子都还是妇女们动手做。
我吃过土豆加葱头馅的饺子，完全是随意走进一户农家里赶上
了蒸饺出锅。

　　二〇〇四的秋天，在贵州东南部的乡村，我们两个人停在
路边吃午饭。一个人去灶上看菜，我坐在临街的长条板凳上望
大街上的尘土飞扬，坐得很小心，怕一头沉的板凳翻了。一个
穿少数民族服装的女人过来，她喝水。小食店门口，摆放一只
大铁壶，长壶嘴上挂着搪瓷水碗，看来就是为过路人口渴准备
的。她喝过水，更小心地凑过来，坐到长板凳的另一边，有了
两个人，长板凳终于坐踏实了。我问她来镇上做什么，她是趁
着早上的集市来卖韭菜的，一毛钱一把，她夹着一块蓝布，裹
着没卖掉的几把韭菜。山区的集市到中午就散，赶集人都不想
赶夜路回家。后来，远处来了她的两个同伴，大声讲着我完全
听不懂的语言。

　　菜摆上桌子，我过去吃饭，没想到，几分钟后，她们默默
凑过来，从后面把我们两个团团围住，在背后观看议论我们吃
饭。小店的女老板懂她们的话，主动过来做翻译：她们很惊奇，
为什么只有两个人，却要了四碟菜，有了四碟菜，为什么这个
男人他不喝酒？看她们那种不一般的神色，这问题好像不是个

小问题，很值得困惑。

我们问她们是什么民族，家住哪里。她们叽叽喳喳争着说话，可惜，是什么民族，我给忘了。三个人回家都要翻两道山。没有班车，最快到家的那个要走四个小时山路。我问：她们的男人在家里做什么。有一个出外做工，有两个在山里打鸟。那一带女人是家庭里的主要劳动者，习俗一直没变。

三个衣着累赘的女人，一直观看我们吃完这顿没有肉的很平常的午餐，我把随身带的消化饼留给她们，她们来回翻看着饼干的包装纸。我们冲过尘土滚滚的土路，去发动了车的时候，她们抬头看着这两个外来人能弄走一辆车的表情，真的叫目瞪口呆。

从某个角度说，那些没出过山的妇人们，没见过火车的，游离在城市边缘的，我们绝对在同一个世界，可是，我们又绝对没在同一个世界。

安放那些流人

在有了"春运"这个说法之后，春运只是每年出现的电视画面，那就是我所了解的春运，我没有在场。一直到二〇〇二年的春节过后，农历正月十五的前两天，我坐的那班火车在凌晨三点到郑州火车站，走到出站口，我还是相当惊愕。站前广场上满是人，坐着的躺着的，一幅完全静止的流民画面。天还相当冷，人们围成无数的群，几个凑在一起，盖着花的棉被。要非常小心地寻找空隙走，才不至于踩到睡觉的人。整个的郑州火车站站前广场就是一铺巨大而完全没有保暖设施的炕。不知道哪里透射下来的灯光，打在泥塑一样的人身上。在这种时候，尊严还有什么意义，尊严不如一条破毯子。

我一直都知道，土地是农民的"命根子"。这好像是一条永恒不变的认知定式。我在二十世纪七十年代去乡村插队，才明白土地有两种，主体是集体土地，少量的自留地，集体劳动经常是出工不出力，农民把全部心思用在自留地上，我看见农民侍弄自留地的精心，更相信土地是命根子的概念。但是，到二十世纪九十年代，我再到乡下去，事情完全变了。

半个世纪前，或者春日或者秋夜，农民意外地分得了土地的喜悦，我们在太多的宣传影片里见过。中国历史上总是萌发均田地的愿望，然后是愿望的惨烈或无奈的落空，再然后是为愿望的代代相传的抗争。类似故事我们还没忘记。在两个世纪之交，农民弃田而走，毅然决然，头都不回。那种弃土地而去的决绝，不亲眼见到，真的很难相信。对于我这个在乡村生活过几年的人，这个变化简直相当于永恒真理变了。

原因再简单不过，土地，它不再养得了人了。

贵州、四川、重庆、广西、湖南、江西，这些临近广东的省份的很多偏远村庄都有开往"东莞""深圳"的长途客车。像北京郑州这种城市更是"不设防"的，它基本平坦四通八达。人们涌进城市，寻找改善命运的机会。深圳这个已经公布有一千两百万人口的移民城市，每年邮寄向各地的汇款有九十亿元人民币。

维系了多少年的人和土地的情感凉了，土地反过来，成了年轻一代避之不及的敌人。有东北的农民告诉我，再没有人去把路上的马粪牛粪捧进田里，化学的快效把粪肥替代了。在陕北佳县乡间居住的李有源的后人，就是歌曲《东方红》的署名词作者的那个李有源，他的孙子在一棵孤零零的枣树下对我说，要考出佳县去，到大地方去学电脑。

距离郑州市区二十公里左右，是黄河的花园口段。二〇〇一年冬天，我们在那儿偶然遇到了几户水上人家，参观了他们的渔船，有煤气罐有高压锅有床铺，有小孩子在仓里仓外跑。渔民说他们从祖上起，世代没离开过河。只是最近几年，才有时候上岸，到镇上买蔬菜割肉，还指给我看岸上停着的一辆崭新的摩托车。很快，两年以后再去黄河边，船上人家已经成了固定的旅游景点，渔民不再行船，船边紧靠河岸搭着几条大木板，游人们上船去吃黄河鲤鱼已经成了这个城市的新时尚。

城市不可能热情地迎接农民，就像战后的德国缺乏人工，引入土耳其人来做苦力，后来，德国人惊呼：我们需要的是做

工的，但是，人来了。一个人，立在那儿，看来简单，事实上
人的后面充满了复杂。

　　我住在郑州的时候，在春天，住宅区里出现了四个农民，
每天天亮就开始挖坑。他们承包了整个小区的种树，除草。四
个人住在一个空的平房里，水泥地上铺纸皮加条棉被就是他们
的床铺。几个人围着院子，种了好些棵杨树。他们经常打开浇
水的管子，把它甩在树桩下面，几个小时没人来看管，任水四
处流淌。接近麦收的时候，他们不浇树也不除草了，每天蹲在
新近清理过的花池上，窃窃私语。问他们，说着急回家去收麦，
但是，老板不给工钱。问拖欠了多少钱，说三千块。四个人一
个多月的工钱要不回来，无论如何都不能饶，他们想去省政府，
又想去找媒体。后来几个人默默消失了，应该是拿到了工钱。
人走了，留下满屋子的垃圾烟头酒瓶砖头，老板又要再雇人来
清理。这四个农民种的树活了大半，还好，完全死掉的是少数。
经常，劳资双方的矛盾是绝对的，而问题是双向的。

　　中国的许多城市都在渴望变成"国际性大都市"，有些城
市已经急切地宣布自己达到那个目标了。事实上，数量很多的
省会城市还只是高楼大厦俯瞰下的农民们幅员辽阔的庞大镇子。

　　在郑州，我们开始住"郑州欢迎你"的大横幅以外，那里
属于近郊，连出租车都要走很远去找，黑了天就很少见人走动。
几个月的时间，先是路边有卖早点的席棚出现，很快，高低深

浅各种席棚连接起来，居然还出现了一口小机井。又几个月时间，席棚消失，红砖房出现，发廊，照相馆，茶餐店，烩面馆，羊杂汤，网吧，影碟出租店，临街铺块报纸就摆卖的菜市场，几乎什么都有了，变戏法一样。

所有经营者都是刚从乡村来的农民。墙头频换大王旗，这家倒闭那家开张，喇叭朝着街面响，行人车辆就碾着连接音箱的电线走。冬天一到，他们在街边拢枯树枝垃圾废物点火取暖，满街的溜溜的浓烟，有时候烤什么带皮毛的肉，满街的怪气味。小面馆里忽起忽落的猜拳声。只要有人出入的门口随时升起热腾腾的水蒸气。流动中的人们见缝插针，只要能做起生意，只要能伸出手去收钱。

人的生命力实在太顽强了，活着的水准降得太低了。

有一次在重庆市中心的解放碑下面经过，一伙人从身后超上来，只见到他们的背影，一共八个，都不足一米六的个子，都戴草帽，背上都是扎紧的一卷草席，席子中间卷住一把砍刀，后腰上挂一双碗筷，碗是搪瓷的，大号，筷子比我们日常使用的粗长一倍。他们旁若无人，步伐整齐，急行军一样超过所有闲散的市人。我从背后看他们，衣食住行劳动都集中在那个矮小的身上，这些奔命的人。

另一次在贵州乡村，一辆类似"面的"的车，横冲直撞开到十字路口突然停住，车上涌下来三个人，都是小个子，最先跳下来的那人提只鸟笼子，慢悠悠地向街心走掉了。第二个拿了一把很长的工具，好像是刀，也向街心走。最后一个背着捆扎的厚棉被，在刚刚载他的汽车掀起的红尘土中停住，左右环顾。

济南郑州西安，都是农民的城市，河南的农民进了城随地放下筐，或者小葱或者萝卜或者草莓或者樱桃，一切应季节的，土地里出来的，都摆开了。连杆称都不需要，都分成堆，按堆论价。收麦的季节，郑州街上经常见到风吹动着麦芒跑。东北长春的"早市"，拉蔬菜的马车驴车都在规定时间段之内进城再出城，只要备好接牲畜粪便的布兜。

郑州这个城市的红十字会医院，诊室里生着蜂窝煤炉，地上有烟头和痰迹，医生会间断问诊，往那火炉子里夹补蜂窝煤，炉上热着医生护士的午饭。没人觉得这些不正常，乡村医生多少年来就是这么做的。

有很多都市里的年轻人喜欢称自己是白领，遵循着和白领相配称的一整套生活方式，但是，我怀疑那领口会保持住白。

安放那些灵魂

我不相信有灵魂，但是，我越来越多地看见很多的人都忽然安静了，渐渐灰暗了，最后入土了。我们总希望那些最终入了土的人是心安的。所以我说，只要相信有灵魂，它就一定真有。

曾经，从湖南外出做工的老汉把患病死掉的乡亲从福建背上火车，试图转车几次，跨越福建广东湖南三个省份回家下葬的事，让我们吃惊。是二〇〇四年，那天，我和每天一样，早上从一份《南方都市报》开始，报纸头版的通栏大照片是侧面俯拍的：广州巡警在一个公交车站询问一个农民，农民脚下是捆扎着的物件，有点长，谁会想到，那物件是一个已经死掉的人？

后来，媒体的注重点从老汉的角度，又转向了是否存在传说中的赶尸人。人们的兴奋点总是围绕稀奇古怪走，谁会总去关心一个病死的工人和背尸人。

把故去的人安葬，是人类不同宗教不同民族共有的古老习俗。

云南东北部东川地区的泥石流被称为"世界级泥石流标本"，而且，每年都为害，到二〇〇四年仍旧不能根本治理。不在现场，不能想象它的壮观。水和泥沙的力量，冲击出一条宽深的沟壑，像一条向前用力拉长的浅灰色舌头，伸出几十里外，一路到达金沙江。泥石流每年都发作，都吞噬生命。官方公布的数字说，一九八四年有一百一十七人死于泥石流。记载中最严重的年份是一八五五年，上百吨的大石头顺着山洪滚，那一年里，泥石流爆发过二十八次。

作为有二〇〇〇年历史的铜都，东川一直向朝廷供应铜，古时候就有滇铜。旧时炼铜，每吨铜要耗损木炭十吨，而十吨木炭需要一百吨木材。大量的砍伐，使云南深山中的百年楠木都被伐光。一九五八年以前，山上的黑压压的松林也很快消失了。现在，我们能看见的，只有秃的山体，和看起来比黄河长江还要"宏伟"的灰色大裂谷，未来的再冲刷只能使它更宏伟。

这样悠久的祸患历史，被它吞掉的人不可能有准确的数字。但是，在二〇〇四年的三月，我经过那里的时候，仍旧有人住在裂谷的最底部，他们种植西瓜。七零八落地有这些临时种植者的窝棚，有炊烟，有孩子。据说在雨季到来之前，人们会撤离到高处，把这沟壑给灾害腾出来。当地人说：下面朗个土肥嘛，水还没有来嘛，跑得及。

快跑啊，快跑啊，死人啊，死人啊。我没亲眼见过矿难，但是，一个朋友告诉我，一次小煤矿的井下事故，埋掉了三十多个刚招来挖煤的农村妇女，姑娘或者媳妇们。

我在山西的某一天里，遇到五次送葬队伍，吹吹打打。下着小雪的天，田地间孤零零地立着几根棉花的枯秆。

二〇〇二年，小浪底水库放水冲刷淤泥，我们专门跑去现场看，没想到，看水的人浩浩荡荡，都是周围的农民，有开着拖拉机摩托车来的，有开着农用车的，有提着铁铲的，黑麻麻的一片。一到了水边，人就不再吵嚷，河岸上出奇地沉静，围着堤岸的人全都蹲住了默默地望。有人夹着还不会走路的婴儿，让那两条嫩藕似的小腿在黄暗的水流里荡一荡。

那种面对大河的安静内部绝不是空的，从人们的眼神能感觉出来。我们只是看水，他们是巨大无比的敬畏。

对于花园口一带的人，黄河就不只是一条水。它想要人的命，人是不可能脱身的。人们只能敬畏加惧怕。像云南东川人一样，河南人到黄河大堤内侧去种麦，那些泥土最肥沃，他们和大水赌博，不发水，他们就有好收成。

曾经有人从南方来，宣布要去横渡黄河，还招来了媒体记者，结果那时间的黄河太浅了，他只是沾着了水，挺没面子的从黄河的另一侧堤岸爬上去。即使这样，哪个人想渡黄河，当地人都会极力劝说，他们说黄河里有方向不明的暗流，话语里很神秘，他们对于那条河的怕，是在骨头里。

害怕是动物的应急的本能，人不能总是害怕，这样的人离世以后，也是一只不安稳的魂儿。

每一个人不一定非要求幸福，但是，总要让他感觉活着还是好的。活过了之后想想，没有受到惊吓，惶恐和饥寒，没有太大的不公平，这是一个动物对生命的最低期望，要满足它却不是容易的事情。

　　我说的这些都是亲眼看见了的，没有演绎。它没有改变我什么，悲观和怀疑没有再增强，庆幸和满足也没有再加深，都正常，都不惊奇，都可想象。但是，总要有谁为爱惜所有的这些生命来承担责任，让每一个存在过的生命回顾起他这一世，还称得上是一个人。

　　还有，我很知道，我就身在这些全部之中。这世界怎么样折腾，它就是在折腾它自己。

新城旧事

神龛的出现与消失

许多年前，刚来到深圳，像落在虚拟之城一般，试着落脚的新移民们最不适应它的是什么？我常接触的一群人都认为是愚昧。

一丛榕树荫蔽下的村子，必有一座简陋又神秘的小庙。供奉在每户人家迎门处的神龛，香火不绝。起初是烛火高香，后来有人以电烛替代。沙头角就曾经有店家专门卖这个。

深夜出外散步，住宅区里许多人家已经早早睡了，唯有红扑扑一簌电火还在某几个窗口通宵达旦守夜。这使我有了个爱好，进大小食档常常故作不经意去观察不同的神龛。红脸的关公有高大有精干，摆在关公脚下的果子有新鲜有枯瘪，飘零的香灰有久积有初落。从神龛可洞察主人。

有一次，我给外面极大的说话声吵醒，两个清扫垃圾的女人举着一个神龛，看她们的激动表情，那东西是刚从垃圾箱里翻出来的。等我出门，人早没了，那东西被端端正正地摆在电话公司的铁皮箱上。很薄的木板盒子，里侧刷过红漆，关公是陶瓷的，瞪着两只圆球一样的眼睛。说不准是个倒霉到家的人，诸事不顺，最后迁怒于这个装瓷人的木盒子。当时的中国还没股票没炒汇没几人懂房地产，不知道他怎么倒的霉。下午，我又出门，垃圾箱附近只见拆散的木片，关公不见了。

后来我对邻居说这事，他们一口咬定，关老爷被人请回了家。

我说，一个瓷器，没准是打破了，他们绝不认同。我说不出我一定对，他们同样也拿不出证据，但是，他们好像天生就对。我不辩驳了，心里想，这就是愚昧。

我更关心愤怒到扔掉了神龛的人遭遇了什么困惑，他们更为舞长刀的关云长不平。

越来越发达的媒介让我们看得多看得远，世界各地的唐人街，冥物供品神龛香烛与茶叶锦缎红木家私，搭配得那么和谐，好像那就是中国了。有一天我想，愚昧和文化千缕万丝缠绕一起，谁还说得清。

新城
旧事

养育一棵槟榔树

一九八六年的春天，深南路大戏院一带绿化，一棵一米多高的小树被扔在路边，我们问穿高筒胶靴的园林工人，他们说这树死了，栽上也是活不成。看它倒在路边真可怜，拿出记者证和工人商量，傍晚的时候，园林公司的车把死树给我们拉回了家，告诉我们这叫假槟榔。

就是人们常说的死马当作活马医，我们把它浅浅地种在院子里。

并不是特别喜欢植物，当时的人没什么环境绿色概念，也不是特别喜欢这树种，木棉凤凰波罗蜜都好看。关键是人刚离开寒冷凛冽的北方，见到所有热带的红花绿叶都新奇都珍惜都不忍遗弃。恰恰被我们碰到了的是这一棵，是它更是我们的福。

没做什么特殊的养护，只是想起来去浇浇水，它开始复活了，从高不过人到十年后超过了四层楼。假槟榔日夜不息地用它的长叶摩挲天空，谁来我家都要先经过它，都忍不住仰头看看。我拍它越来越粗的树干，总想到盲人摸象的故事，它是隐形大象的一条腿，其余三条腿在哪，谁也不知道。

由我们养育的假槟榔现在还竖立在下步庙，继续发叶继续生红豆继续茁壮。我们到北京到成都，包括到巴黎都有人问起，说你们还住在院里有一棵树的那个家吗？

现在我们搬走了，自以为是它的拯救者的人离开了，只有树还在，树干上刻了阿拉伯数字为证，那记录了它这一生落过叶子的数目。

深南路中段的绿化改变了不止一次，那里过去是有个绿岛的。后来，各条路修起来，步行去看滨河路，开车去看滨海大道，绿化树又多又好。如果我们那棵假槟榔当时是活的，现在说不定早给挪死了。

老派的人总说浪费粮食是罪孽，其实我们人要爱护所有所有的东西。

人们形容爱护东西，要像爱护眼睛，人的眼睛和人一样生命短促，可以肯定我们活不过我们的假槟榔。这似乎提示着人，爱护东西也许比爱护我们自己还重要。

惊心动魄的沙头角

曾经，我们去沙头角必须隆重，因为路远，因为要再办证，因为想买的东西太多。三个理由相加，每去一定要整整一天。

去沙头角购物的人最多，另外，远道来看深港间界石并拍照留念的有，冒险在外衣里夹带免税相机的有，买本香港印刷品坐在街边看完扔掉的有，二十块港币买八只杧果吃完就走的有。我的一个熟人，一过验证大厅，任家人去购物，他早早找间快餐店坐等，他要等到中午专门为吃一碟港式快餐，他坚持说那味道是深圳这边做不出来的。不过塑胶盘子里一份白饭加豉汁排骨，插两根塑料筷子。

我因为公事在沙头角酒店住过一星期，我印象最深的是每天上午，从香港那面过来喝早茶的老太太，稀疏的头上扎着红红绿绿的毛线头绳，双耳朵下垂给金首饰坠穿了，软软地难看地拖着。她们高声喧哗，把大堂全坐满，直到中午才散去。对比小街上推平板车捡拾杂物的老人，她们活着就是神仙了。

哪个人去沙头角都没有我一个画家朋友紧张，他是准备逃港。

画家体现了秀才的无能，逃港其实没那么难，深圳和香港的临界处还少吗，河海山，一应俱全，但是，画家仔细分析了，最好的逃港地是沙头角。地点早已确定，他还迟迟不逃，要实地侦察，据我所知，他侦察了三四次。经验是，要办个三个月长证，学几句简单粤语，等一个阴雨绵绵的天，穿拖鞋披雨衣，慌张急促左顾右盼都忌，从容猫低跟住一辆运货的平板车。

经验已经尽人皆知了，可画家还留在深圳，隔一段去沙头角，第二天又见到，拍手叹气说没有好机会。

最成功的一次他过了港英地界，当时那里一棵小凤凰树，有香港警察守着。画家兴奋得心跳，跟没了平板车又跟路人，经过一家电影院，看见巴士站，有警察验证才能上车。画家怕得要命，快步往回走。我们取笑他，没有逃港的胆，就不要逃了，他说不行，这是我的信念！画家后来去了美国又回了中国，折腾来折腾去，又转回来了。沙头角，我也超过十年没再去。

骑辆单车去蛇口

骑辆单车去蛇口其实没什么，有人骑车环游世界呢。

但是，当你没办法，没选择，必须骑单车在泥里颠簸三十公里，就是件痛苦事。

一九八五年，两个朋友要去蛇口采访，急等交稿，香蜜湖一带正修路，坐中巴只能更慢，他们只有骑单车。晚上回来讲，去的是日资工厂，见了人还要盘问有没有预约，这么远骑来了，没预约还不见吗？他们两个骂日本人。

我去蛇口是一九八五年春天，坐的中巴，有窗帘有音乐有空调还略带香水味，又是日本进口的车。当时有人告诉我，识别空调车，就看车顶有没有额外突起一层。一路红尘滚滚，好像为了节省，中巴并没开空调。当年的店家一旦开了空调，会在严闭的玻璃门上有标识：空调开放，推门请进。中巴颠到蛇口超过两小时，我第一次去蛇口，是去黄宗英的电影公司看长影的同事，电影《街上流行红裙子》的责任编辑。在他家第一次看了香港电视，麦克尔·杰克逊和一群人在跳，从当年每期不落寄到北方的《百花周刊》上知道这个天才黑人歌手，而见到他的形象是在蛇口。断续两年的寄刊人是现在广州写美食专栏等等的沈宏非。

一九八五年他们告诉我，蛇口没有公共汽车，我那次留意了，真的没有。我说，这说明深圳这地方还没形成一座城市的起码规则，没有公共汽车的地方，只能是乡村。其实，后来过了好几年，蛇口依然没有公共汽车，白天和夜里，它都是座空旷幽静的城，只有上下班，街上才见骑车走路穿统一制服的打工人流。

当年骑单车去蛇口采访的人，都还是常见面的好朋友，一个开本田，一个开雷诺，按来深圳的年限算，两个人开的都是太一般的车，不过多年不骑单车了。另一个曾在人民日报上发起"蛇口风波"讨论的朋友，回北京快十年了，半个潮州籍的儿子对我讲着标准的北京话。全部这些，真是物不是而人非。

今天，去一次蛇口，不过二十分钟，仍旧不常去，因为没朋友住那一带，采访又是二十多岁孩子们的差事。

又是台风

在台风"科罗旺"残留的尾巴里写台风，云彩如军队开拔奔跑过头顶，窗前的龙眼绿发狂舞。他们说，科罗旺本来只是柬埔寨的一种树名，什么能量级的树，三天里夹带风云雷电，由东南直去西北，无礼强人一样横过粤琼桂三省。

科罗旺被预告当天，还没丝毫为害的迹象，我们在惠东一带海边，船上路边庙门口都见彩色三角旗飘扬，旗上有祈求天后保佑字样。海相当平稳深蓝，一个浑身棕色的渔民满手白沙说：走吧，要打台风了！

打台风的本意，一定是被台风所打，就凭我们区区的人，还敢打台风？

生在内陆的人没见识过台风，很多年前看过古筝演奏《战台风》。一阵旋转撞击，完全分不清哪些音符属于"台风"，哪些又属于作"战"，好人坏人混沌扭打，演员不断在琴凳上腾起来，感觉那台风一定是激动人心的东西。

第一次经历台风，是一九八五年夏天在深圳园岭住宅区。风在深夜里突然来的，莫名又恐怖的响声，钢窗摇撼玻璃碎裂重物跌落天空吼叫，二楼连廊上，报纸衣物灰灰白白的全贴着地面一扫而过。到了第二天才壮观，清点战利品一样，看新栽的白玉兰全倒斜在街上。

北方人没见过台风，风却没少见，现在的新词，叫沙尘暴。北方的农民说，啥啥暴，不就是风吗！北方人习惯了，感觉春天正是被几场大风带来的。

今天，一场风过去，要计算损失，计算更显出台风的犀利。我刚看到，科罗旺使广东损失了九点二亿人民币。其实责任并不全在于风，台风登陆，吹倒了绿化树，吹垮了广告牌，砸坏了汽车，撼动了建筑机械，大雨带来道路水浸。在三十年前的北方空旷大地上，这些衍生物全都没有，春天的风，它能够吹起来的是什么，不过是尘土漫天。大风过后的四野往往奇怪地静，农民的孩子爬上被土埋住的炕，用柳条篮子，挎着倒进地里。一场风收三五篮土，并不稀奇。

台风是个复杂现象，远比一种树复杂多了。我们经常盼望台风带来雨水，降低暑热，还有某种意外和兴奋，赶紧赶紧，出门看白亮亮的大水当街，紫荆树劈开白花花树干，急着上班的人花二十块钱坐小艇过马路，荒诞有趣的事情全都随风来了。

解放耳朵

总有一些人好像和自己的耳朵过不去。

曾经，我听我的上一代人说如何配耳坠戴耳线，现在的孩子们咕咕地讨论打耳洞装耳钉。名称变了，谈论者变了，话题照样津津有趣。本来这是件锦上添花的小事，不过，十几年前在沙头角，我看见饰物造成的惨烈。

因为公事，那一年我去沙头角中英街住了一星期，没硬性安排采访，每天胡转悠。观察中方边防军，又观察香港警察纯黑制服银警章，偶尔闪现在曲曲弯弯小街的香港一侧。当年沙头角的清晨，像晨练一样，许多上年纪的港人从香港方面，那棵不大的凤凰树下过来，到中英街上唯一一家属于中方的沙头角酒店饮早茶，图的这边悠闲便宜又地方宽敞。当时我住在酒店楼上，每个早上，人还没下到底层大餐厅就听到滚滚人声，满眼的广东式熙熙攘攘，毫没顾忌的前呼后应，茶壶盖子四处脆响，老年妇女暗紫色花裤衫起落。

我刚坐下，就定住了，临桌一位老妇人的耳垂，又松又长，明显被撕裂后又愈合的三条豁口，懒懒地摆。不止她一个，连续几天，起码见过十几个。

我小心打听，沙头角人平淡地笑笑，说那都是过去有钱人家女人爱美又显示家财，戴重金耳坠，最后耳都给坠穿了，现在只能那样。

都说水穿金石，没想到还有金穿皮肉。

佩戴耳饰，本意该是精心地示美，或者示富，谁想人老珠黄后会是垂着半残的耳朵。奇怪，同样的事在深圳在内地我都没见过，原因是半世纪前的有钱人都"逃港"了？

前些天，邻居的一个男孩，瞒了家人到街上打耳洞，不知道谁的错，打穿的是右耳。带着棉球血迹回来，被他的朋友们笑，说他一小时里变成了同性恋。他又下了几天决心再去打左耳。据说在伤口愈合前，每天要忍痛透根牙签，防止那可怜的耳洞愈合上。

美，如果这样痛苦，最后可能又变回丑，它还配称作美吗？

美就是很自然，美就是不麻烦。至于显示财富，我小的时候，听到老人唱旧时儿歌：

镶金牙张大嘴，戴金镏子高抬腿。

现在靠金牙来展示富有的少见了。一年前，我去朝鲜，看见笑露金牙齿的中年人，一个导游。

二十一世纪，新财富的概念层出，也该创造些新的美吧，该解放耳朵了吧。

那个人要干什么

越偏远的地方，大白天里当街卖呆儿的闲人越多，现在全球化了，北方南方中国外国都如此。像深圳这种追命的地方，也许过去有个别闲人，比如守公用电话的，现在电话几乎全为私自拥有，闲人毫毛都难见到了。满眼的行走者，哪一个都有企图都有目标都有追求。

两个月前，我一个人经过深圳中航后面，那条路多年前就清静，当时人车全无。走了一半，突然发现紧贴路边围墙蹲一个人，大热的天，穿一身黑衣。我像每个深圳人一样警觉，绕开围墙，经过他身前，有意加快了走。那人"猫低"得很，双膝前顶立起一只旧式黑公文包，包上用白粉笔写了挺大的字，大约是：有好心人帮忙找份工作。感觉他深藏着脸，根本没有抬头看我。很快，我转到了繁华路段，身前身后全是人了，商场的喇叭满街吼，好像这才是人间，我慢慢平定，寻思刚刚那个人。

骗子必须混迹在人群中，找工作有人才市场，选在那么个僻静之处蹲住，他的真正目的是什么？

一瞬间，我有返回去的念头，我想也许我可以帮他，问问他是不是遇到了特殊的困境，起码我不该躲避坏人一样走得那么快。但是，如果他提着包起来，外地口音，他说只是求份工作，显然，我无力帮到他。

可能帮他的人，少有步行的，开车者风一样掠过，哪里注意得到他。

我想到一个二十世纪六十年代初的北方旧事，一个警察在大衣里藏了一双警察皮鞋想去卖掉，换回一家人的粮食。他很快就蹲在城市的闹市上，那地方我曾经熟悉，萧红写的"头发菱子"那里有得卖，满街五颜六色飘。那个警察当时一定穿的便装，即使这样他也无法叫卖，张不开嘴喊不出口，又怕人认出真实身份，他就埋住脸罪犯一样蹲着，沉默，几小时也没人注意到他和他的皮鞋。天黑了，警察悄悄夹着皮鞋原路回家。

卖皮鞋和找工作自然无关，但是，它在某个隐秘之处相通着。

再没从那地方经过，估计那人不会在了，但是他的做法违背常理，我总想找到解释。有人告诉我凡事往积极向上去想，也许那是个行为艺术家，都市里的沉思者，可惜，那不是我的习惯，我常消极疑惑又耿耿于怀。

人的背后就是故乡

几乎，我在这座城市里最熟的一些孩子都和这白晃晃的城市一起长大。人和城，如同兄弟，长得此起彼伏。

我儿子八岁时候被带回北方，感到四处新鲜，他评价：他们生活不错，每家每户都装了抽油烟机。我们纠正他说：那是烟筒。他问：烟筒是干什么用的？

不到一个月，带他从北方回来，听到火车上有人讲广东话，他突然兴奋说，好亲切啊。

又一代人长大了，他们脑子里存留的童年记忆，全是广东本地的习俗，中秋节夜里烧火烛，红泥裹了的烤芋头。

我们搬进新住宅区，最不快乐的是孩子，他嫌人造的"欧洲"假模假式，还想要遍地芦苇丛里的螳螂蚱蜢蚯蚓萤火虫，要深圳河边三层楼高的沙子堆。那些只属于二十世纪八十年代的东西，只能寄生在他们年轻的记忆里。

曾经，远走高飞是多么美妙，他们毫不费力就享受着远走高飞。最早深圳移民的后一代，现在大约三分之一在国外，三分之一在读书，三分之一已经就业。

听孩子们怀旧有种怪异的伤感，这要怪罪城市变得太快，迫使他们过早地怀念旧事。伴随着怀旧，他们又感慨时日不多，二十岁就叫老了，就在叹气。

他们怀旧方式常常隔千山挡万水，某人在英国，QQ 上的头像是个黄毛，某人在加拿大，宿舍装了摄像头，屏幕上只见一个木偶人一样忽远忽近的脑瓜。他们去小梅沙聚会，多数不去大梅沙，游人太多，而且重修的漂亮海滩再没有他们童年的味道。

这些人走到哪里都莫名地说深圳好，四个中学同学都在北京读书，约了在麦当劳见。有人问，听不出来你们哪里人？回答深圳男孩。对方惊奇：深圳？有这么壮实的男孩？其实，一个山西，一个东北，一个江苏，一个广州，全是移民。

许多的事，哪里去找理性，只有情感。许多的事，最怕急切短视呼天抢地，只能顺着自然慢悠悠等待。车行船走水流起楼造势有速度，历史没速度。

大地的负担

那天晚上，连续几个人打来电话问如何能看到火星。我说，看天吧，它就在天上。他们反问，电视上不是说要用天文望远镜？

晴朗，火星当空，人却没注意到，这不能怪他们，天小而地满，人乱而事忙，一切信息来源只能依赖于电脑电视，人已经渐渐忽略了他们还长有肉的眼睛。火星又不会主动叫喊人去观看。

所说的火星接近，不过一颗星略微明亮点。中秋夜短，望望星空，日子就过去，我们在日子里看四周，全城有几样温暖亲切的东西？有一次我从红磡上车离香港过罗湖桥进入深圳，忽然感觉我生活的这城市居然是天大地阔，可惜很快遇到塞车，它仅仅给我三分钟的宽阔感。

很久很久以前，刚来深圳的第二天，我和某人有一段对话，我们闲谈，讲到一个当地女孩的诗：出门闻到稻子香。对方是老宝安人，对稻子有感情，类似我对土豆有感情。对话大约是：

那人问，你觉得深圳的未来会怎样？

我答，不好说，它还不具备城市的基本功能。

那人问，将来呢，我广州去过，能不能比得了广州？

我不知道，不好正面答，就说，只要不像我去过的广西小城，公共汽车售票员像赶马车似的，拿一根卷小旗的木棍敲打着车身钻过马路。

后来街市呼呼啦啦繁华，果然有相当一段时间，深圳的公交车和我在广西所见的完全一样，售票员探出半个人来，又敲又喊过闹市，那一带叫人民桥。

当时的南华村还没建完，早晚雾汽浓重，新起的楼房紧邻着稻田。我们随手采回水葫芦当花养。滨河路前身的大片红土间有一条军人侍弄的菜畦，雨天骑车人经过那里要扛单车走。

陌生人见面的话题是你为什么要来这地方？有个邻居来参加会议，结果变成了被招聘。让她动心的居然是深圳这地方的天比武汉蓝。现在，再抬头看天，与武汉有区别？

在大地上栽种一座城市原来如此神速，把它再变回稻田茅草水渠泥塘成了妄想。

电视播放"文革"解禁片，有一部长影的城市喜剧片拍于一九五七年，我极投入地关注它的外景，开阔空旷林密人稀，那曾经就是我的城市，一个和今天的长春市无关的"别处"。自从我离开后一次次再去长春，我亲眼看着它由一个旧殖民时代特色的中等城市，衍变成一个全无个性的现代小城市。

变啊变，不知道还要变到哪里去？大地，不是万花筒，它本是自然生殖出茅草杂木溪水糙人的。

住到屋顶上

如果哪一个人在二〇〇三年说，他将要搬到某某住宅的顶层，这显然是通报好消息。

广告教导我们：屋顶有复式，屋顶送天台，屋顶视野好，屋顶有品位。广告又附带一句：地球人都知道。这大约是局限在二十一世纪的这些地球人。

十几年前，一个朋友兴冲冲来报，说单位终于给他安排住房了，在红岭红荔两路交界处一办公楼顶天台上临时搭建的铁皮屋。深圳这么恶毒的夏天天台上几平方米的铁皮屋也住得人？他当年悠悠然住得美好，常常步出小屋，整个天台一人独霸，中秋以后的深夜，漫天的凉风只吹他一个赤膊的人。

北方的屋顶，多数是铺了瓦的斜面。雪天的瓦白了，被极透明极柔软的夕阳照成金金的，金光里每户人家突起一根灰烟囱。远远地观察每一缕烟，分得出风向的东西，分得出屋子主人家烧的是干劈柴还是湿煤粉。我童年住在两层小楼的底层，一九六七年的夏天，中学红卫兵把整个二楼占领了，那时候，二楼的天窗已经算那一带的制高点。几个毛孩子干的暴力革命，就是向不远处的中学偶尔放放冷枪。我读书的小学校礼堂，早年曾经是教堂，尖顶可以和消防队的瞭望楼比高。教堂最顶尖有一片铸铁的公鸡，昂着头。风大的时候，铁鸡疯狂旋转，很快转得不见鸡形儿。

除了红卫兵和打扫烟囱的，再没人上屋顶。第一次看到人在楼顶与楼顶之间跳跃，前个人逃亡后个人追逐，好像是南斯拉夫电影《瓦尔特保卫萨拉热窝》。其实最会玩屋顶追踪的是美国人，那年代，美国是坏蛋的代名词，我们只知其坏，不关心其住什么吃什么玩什么想什么。反正美国是坏，二楼是制高点。

前几天，经过龙华一栋烂尾楼，无窗无门却每一层都住了无业游民，晃晃地他们就像住到了半天上。蚊帐床单学步车煤炉，活生生一个底层生活的全开放剖面。十几个孩子在完全坦露的六楼顶层追逐玩耍，没任何护栏。他们才轻易不会坠楼，动物自我调整自我保护自我渐进是最起码的天赋。他们中间也许有人将来住进伦敦最高尚的社区温布尔顿之类，这和我们这些人能从二十世纪中期安稳地活到了今天同理。

人居安了并不一定全要思危，他还想活得更新鲜刺激。所以空置着自己的顶层复式去四处爬高，玩溪流玩登顶，北方农民不理解，他们说，那是烧的！

冰　室

冰室是什么东西？

它很短暂，在我们旁边擦身而过。借用旧说法，它就像一场"眼前过"，老农民看电影不叫电影，他们夹着板凳说，瞅"眼前过"去。

好多东西，像大哥大股票机针式打印机，影戏唱罢散台卸妆，在眼前过了，不带走一丝半缕云彩。

离着还好远，我们已经看见手写的"冰室"两个傻大的字，想前方又冒出了什么新奇时尚东西，地点大约在今天深圳荔枝公园西门到那几家花鸟鱼虫店之间，当时的深圳图书馆还没完工，红泥里陷着挖掘机。那间冰室是个简易席棚，里面有得坐，人一进去，惹起大片蚊子苍蝇。我们满脚踩的泥，从冰室里端出一杯有冰碴的水，色彩鲜艳，看着天空慢慢享受。

大约在冰室存在的同时，街头少数银行的茶色玻璃门上出现两行竖排字：空调开放，推门请进。有个从北京来的大学教师恰恰被这两行字给震慑了：连空调都开放了，收费必然高，请进去的不是人，是人口袋里的人民币。那种紧闭的门他绝不进，说街头大排档好，从看单到上菜，宰人也宰在明处。

夏天，遮阳的树长大了，路人就要感谢，冰室空调都属于不能自然生长的特殊待遇，不敢奢望。

一九八一年，我们还在北方，在五金杂货店里第一次打开一台小冰箱的门，试想将来也一定要用上这东西。同去杂货店的一个杭州人炫耀他认识空调车，特征是车顶突起部分，那是车的制冷系统。北方人当时丝毫不关心制冷，不关心空调车。

今年炎热，所有商场早习惯了店门四开，给每个过路者送凉降温，欢迎你哪怕只是贪图冷气穿堂而过。又有商家宣布，二〇〇三年起，家用中央空调的商机到了。有朋友开车跑去广西玩，说在乡下还见到冰室。我问他去吃冰没，回答说，怕色素怕病毒怕糖精，有车载冰箱，谁还去乡间冰室。

几年前去四川大邑参观刘文彩的家。二十世纪七十年代以前的人都知道刘文彩，这个全中国最大知名度的恶霸地主家里关长工的水牢原来是土改的时候杜撰的，但是，他有钢琴有汽车是真，有实物在。今天，家里有钢琴汽车的太多了，据统计五分之一的中国人使用移动电话，刘文彩知道了，只有在蜀中哀叹，前后不出四十年。

喜欢地铁

在公众还没有得知深圳将兴建地铁的消息，我在一篇《我喜欢地铁》里说过：像我这种人不喜欢地铁，还有谁会对那两条冰冷的地下钢轨和运行方式感兴趣呢？

我的确喜欢那种弯弯曲曲的下潜，机械强劲有力的震动，冬天暖而夏天凉，和独自游车河相比，陌生人在温暖里紧靠着陌生人，获得短暂的安全感。

有两年多时间，我几乎没住在深圳，巴黎柏林东京法兰克福的地铁都坐过了，再回来，发现道路被临时隔离，地铁工作者已经潜伏在沥青以下。

一个朋友获准去参观在建的地铁工地，从未来的罗湖站沿临时运输轨道，走过一个 S 形，到达未来的国贸站。他的重大发现是，人人抱怨深圳的地面人车拥挤，原来它的地下照样没有多少空间，楼房的地基像栽在土里的胡萝卜，密麻麻少间隙。我们通常见到的地铁站，旅客多在同一层站台上双向等车，深圳地铁国贸站为躲避开水泥胡萝卜，不得已要建多层，同是国贸站，将来我们去火车站在一层，去世界之窗在另一层。

一般常识是，做个地下工作者必然困难重重，由政治斗争到工程实施，连北方人挖地窖储藏蔬菜挖地窖全家人避寒都要消耗时日力气，何况把城市运输系统移到另一个层面去？不过，我想在深圳建地铁起码有两大便利，人人说这地方没文化积淀，所以挖出唐棺汉墓五铢钱甲骨文的概率极小，可以任意挖掘。人人说它作为一个城市资历太浅显，它居然连地下战备网都没有。二十世纪七十年代，凡中国城镇都要"深挖洞"，防空警报响了，要在规定时间里撤退城市人口进入地道，类似演习许多城市人都经历过，现在各大中城市都保留有地下商场可以作证。深圳的过去之小，小到连像样的地道都没有，一点点人口，太多的茅草丛供他藏身。它地下部分实实在在的红土专为地铁而预留。

我第一次知道"深圳"这两个字，是看一篇二十世纪七十年代的报告文学《车从深圳来》，收在名为《小丫扛大旗》的集子里。写广九铁路女子包车组的"姐妹们"和香港资产阶级香风臭气做斗争，细节与作者全都忘了，当时属于小孩无聊乱翻书，偶尔翻到偶尔记住，香风臭气得让人又怕又好奇，还有"圳"字的少见，经年历月都没忘记。现在我就住在这地方，现在了不得了，飞机火车汽车轮船立体多方向从这个城市繁忙进出。地面已经插不下针了，只有到地下去。

有了地铁，我们都是地下工作者了。

感激电视

昨天夜里我经过华强北，看见二十多人在街头仰着头，一水水地挤坐在一起，异常专注而又整齐。不是散布在酒楼门外等座位的食客，是围住一家小店看电视的。这种场面好多年没见了，我说。当时，我不由自主地停下来，霓虹灯那么晃眼，汽车那么密集地吵，他们全没感觉，什么电视节目那么有吸引力。看那些忘我的人，只有简单的东西才让人感动，我说。同行者认为我少见多怪，说哪天不是如此。

在我们责难电视通俗平庸大众化，完全把观众当傻子糊弄的时候，电视却仍旧抚慰着是另外一些人们，电视是他们的大救星。

一九八五年四月，第一次看在深圳看电视节目，真是"五花八门""眼花缭乱"，实在没有比这些俗词更能恰当地表示当时的感觉。电视机多摆放在商场里，属于高消费，街头还不多见。那一年的秋天，在免税商店买了我们到南方来的第一台电视机。当一个人拥有两千块总资产的时候，甘愿拿出一千块去买台电视来享受，这种比例的投入，在传媒发达的今天难道可以想象？

红色尘土扑落后的大街空荡荡，晚上很少行人，经常见到集中在简易席棚前面挺身束手的人们，几十个挤坐着看一台电视。潮湿空气中嗡嗡地底层荡漾着粤语顶层浮荡着粤剧，每个人的正头顶还追随一大束快乐的蚊虫。

当时把特区叫窗口，电视是这窗口上独立开辟的小天窗，向渴望者全无保留地展开着新鲜未知的世界。正是那台用一块人民币兑换四块港币的比值买来的日产电视机，给我们首映了《1984》《白夜》《迷墙》《毛发》《追梦者》《约翰·连农传》，多了多了。最不可思议的是十多年来，每个平安夜我们习惯了在明珠台的 8：30 档看《雪人回来了》动画片，十多年没看厌过。有人专门录下那节目想送我，可是，录像带不能替代，每年中确定在那一夜，有飘飘的乐声随雪人男孩在屋子角落里悠悠旋转。

我正是通过电视这老师，学会了听广东话，以至今天，当我儿子在北京拥挤的学生宿舍里想跟我说点秘密，立刻会把普通话转换成粤语，我们忽然掌握了这种保密语。往过去想想，禁不住对电视机这黑乎乎的塑料盒子心存感激，而当年的那个家伙早就消失了，我们说，换个大的，它被无情淘汰了。我们没注意，在这样无知觉的日子中，我们的心也更换过了多少次。旧话说知恩图报，我们拿什么报答电视呢。

这么快，人们就把喜爱变成了憎恶和讨伐。好莱坞的影片《楚门的世界》里的那个天真的楚门，当他发现他的一生就是供全世界唏嘘窥视的真人秀，他不能再忍受上当，终于找到"大海"的边缘，揭开纸做的海天的一角。我们没什么可揭示，左面是海，右面是天，再明白不过了，什么都知道了反而不好玩了。

城市是台搅拌机

那天进城把我烦死了。自从住在城外以来，我的日常用语中多了一个词，叫进城，和农民兄弟们一样。还有一点像农民，就是再烦恼也不敢说今后永远不进城了。

城市啊，喧腾在山的那面，蒙蒙的一层翳。翳，一般是蒙蔽珍贵眼睛的病，说明我还恍惚地觉得城市是眼睛，对它的印象还没有太坏。但是，它蒙蒙着，让人如何喜欢它？我进城是去银行，本来是小事情，恰恰附近的柜员机坏了，只能被迫搭大巴进城。很快被一架机器轰轰地裹挟进去，我不晕车但是第一次感到晕马路。曾经有上海知青坚持留在黑龙江，理由就再回上海不习惯，上海让人晕马路。终于，领号排队事情办完，我再被它轰轰地吐出来，居然还完整。逃回家，坐下，喝水，装模作样捧起一本书，可是，整个人还滞后性地轰轰的震动，好像半个人还被留在城里。一只兔子钻进搅拌机，没死没缺胳膊少腿，完完整整又钻出来，当时就感觉是一只命大而惊恐尤在的兔了。

我最近看一本书，其中有一百年前一个法国人记录云南怒江的见闻，形容它波涛汹涌的水，想到那天进城，马路条条都是怒江。

我说，这城市什么时候成了一架搅拌机。他们说，哪天不如此，我们全活得好好的，你这是少见多怪。一九八三年有朋友邮寄一套新翻印过来的外国画册给我，其中一本是《交通运输》，封底有日本的某立交桥，大河一样的汽车尾灯，红得气势恢宏。一九八四年决定来深圳，也和一份邮寄到北方的经济特区画册有关。发达社会距离又远又让人向往。画册总是经过美容师的手，真看到的深圳远没那么好。于是常翻出那本《交通运输》来欣赏，今天谁会羡慕立交桥，迎面红红的一条尾灯，头痛啊。

对于这个城市，我很快就成了一个古代人，而天天入城市者，每天深陷其中"打拼""揾食""创业"，归来并不见泪满巾的才是二十一世纪人，他们已经历练得成了特殊材料制成的。而我一天天退化回去，有时候我跑到纸上来给人们讲讲古代的蛮荒轶事。列宁说：忘记过去就意味着背叛。现代人最不怕背叛了。

有一个朋友突然说他要去海南岛，说这城市塞车塞得没法待了。当时是在饭桌上，其他人也附和着，一下子全说要离开。这时候我发现一座城市的无辜和被动，它没嘴争辩，没手示意，没眼含泪，没心激动。有历史的城市一代代培育出它的依赖者，祖辈生生灭灭的老土地，不热爱也很难离开，可是，我们脚下的这城市，人人随时可以拾掇拾掇离开它，飞机漫天火车遍地门庭洞开，来得艰难走起来容易。对于谁，它都可能是一本漂亮画册，是别人的是他乡。

我想，哪怕我们不够喜欢一个地方，我们也不能抹掉过去，不能无情无义，我们也要怜惜它。

谁能独享快乐

有谁留意过每天摆上餐桌的食物，肉类和菜类。在你快乐到干杯到唱歌到心散意懒的时候，由始至终它们的心情怎么样。

有些城市天然地被油绿的乡村围绕，世代都有农民把精心侍弄的农作物小心翼翼地运送进城，我见过北方农民为卖个好价钱，许多东西是自己不舍得吃的。我们没这福气，全城的餐桌几乎都依赖长途运输。

第一次注意到牛的痛苦，是二十世纪八十年代后期，当时坐火车去广州只用六块多钱。半路上大约火车遇到什么事故，列车通知全体下车，在一个小站转换另一辆。列车员为抄近路，带领一些乘客从一辆停靠的运牛车下钻过去，很多很多节车厢。我舍近求远绕过拉牛车，沿途非常近地看见木栏里麻木的牛，挣扎着向外顶出来的牛头，牛们的大眼睛，干枯空洞痛苦绝望。我问列车员，据说那些肉食牛是运往香港的。

一九九八年去三州田，它还没有像样的盘山路，村中有很安静很偏僻的巷子，女人在水井边剖鱼晒鱼干晒青菜，尝了尝那菜是甜的，后来几次都想去那里买菜。到二〇〇一年再去，已经不认得了，路啊村子啊青菜啊，乡土气息全散了。前些天我们乱转转到坪山，遇见镇子边缘一大片低洼菜地，不规则的畦田间夹杂着种菜人的简陋席棚，空中的气味恶劣，偶尔有肮脏的塑胶袋飘荡在青菜叶子们的脸上。一个不高的菜农大幅度横跨过菜地跑，他在叫骂，好像骂的是他的女人或者小孩。不远处有一条街是批发市场，单一品种只批发青菜。有年轻人正在装筐，重重摔在地上，再补上一脚，把筐踢远。

在 107 国道上我几次碰见南下的运输车，或者在从海口过海峡到广东海安满载的渡船上，如果你发现了牛羊鸡兔们在运输路途上的难受和悲哀，准会被你自己的发现震惊。动物植物它们的悲哀不是做作，不是强说愁，不是争得同情，那是真正的悲哀。

这就是我们每天摆布丰满花样翻新的餐桌了。我们人类食物链的上一个环节。谁说无言语者一定就无知觉。

十年前在罗湖区听一个富人在饭后阐述他的观点，他当下的痛苦是怎么样保障自己的生命和财产的安全，怎么样隔离穷人，城市应当建造穷人们插翅也难进入的住宅。现在，据说这个富人的财产已经差不多转化为零了。隔离论者往往只想到防范人，不知道还有另一些东西会防不胜防。

谁能隔离得了大地的出产，隔离菜蔬牛羊，隔离春种秋收。一个社会，当贫困的人和贫困人的劳作物都不快乐的时候，富有者能独自快乐吗？

迎面是火车

中国有哪个城市会允许火车整日整日由市中心穿城而过，好像我没遇到过，深圳是个特例。如果一个完全不了解中国的鬼佬问起来，我们该怎么回答？我努力解释说这是个新城。对方会反问：新城更应当有先进科学的规划，更重视噪音和污染。我再解释，由于它发展得太快，火车经过的这些高楼大厦过去并不存在，二十年前这里不是城市中心，甚至还不像一个城市，而现在城市中心也已经西移。解释的过程中，连我们自己都要定一定神，就是脚下这个城市，当年三天一层楼的速度显然太简单平面太不够飞快了。黄贯中是怎么唱的：若我会飞，我会飞到很远？

一个城市不像只鸟一架直升机一块棉花地，它不好飞，它太重了。只能随着时光推移延伸蔓延。

十八年前从红荔路去老街中叫"汇食街"的巷子，必须穿越火车轨道。由社会主义到社会主义的广深线，由社会主义到资本主义的广九线，都是平平凡凡的同一条轨道，斜跨今天的解放路。火车来了，铃声大作，一根细木杆升在半空中，微微颤着，挡住几辆自行车前轮几个穿拖鞋的行人，火车过去，杆起放行，人和车慢悠悠过去。和中国所有的小地方一样，路轨并不高过普通的街道。来来往往的人并不感觉它吵，反而觉得有火车在的踏实，觉得我们还不算是来到完全没开化的偏僻荒凉之地。样板戏里的台词说：火车一响黄金万两。就是那种还挺好的感觉。

现在，木杆没了，路轨高架了，汇食街成了传说，夜里坐火车回深圳，楼房被霓虹灯跳跃描画着，好像是穿过玻璃万花筒的时光隧道。

在梅林关外的坂田有另一条由西而来的火车轨道，有一次因为塞车，我想抄近路，只能穿过火车轨道。它是不许行人横穿的，路轨架得很高，但是人人都在横穿，早有几块破旧木板铺垫。我站到火车轨道中央，突然感到危险会随时风驰电掣般来临，钢轨猎猎延伸，远处弯道上的信号灯们闪着红的光。不过是过铁路，当年普普通通的事，现在却不同了。年初听说有来深圳找不到工的农民为节省路费又不至迷路，就沿着这条铁路一路向北，徒步走回家，湖南湖北江西天南地北都能到达，也听说被卷进车轮永远回不成家的。

俗语说，条条大道通罗马，俗语又说，条条大路通你家，但是，如果夺了命，那是怎么个通法儿？

全城的人都等待木杆扬起才过街，城小一眼望穿，人稀稀疏疏地少，往深圳往香港车次不多，一旦这些全变了，出现了厚厚的草根阶层，"麦兜"母亲们，四处图便利寻捷径，无视规则和他自己的生命，不顾是不是正隆隆地有火车迎面而来。好事情都有两张脸，一面好看一面难看，有时候避之不及的。

我们住过的地方

前些天，又有两个朋友问我：你还住在那个什么什么庙吗？

我说：我搬出庙了。

那个名气不小的又住着人的"庙"，听来好像翻开一本发软发黄的聊斋。深圳人都知道深港界河边的下步庙住宅区，后来可能有人感觉叫个"庙"不好，改叫南华村，但是人们还是留恋老说法。

我搬离了下步庙，在朋友们的记忆里，它似乎凝固，成了我必然早出晚归的地方。

我曾经说过，我住的地方叫作：上不去下不妙。一九八五年年末搬进崭新的下步庙，路灯还没亮过来，几幢新楼初起，迎门就是大片野生的含羞草，开满淡紫的小花朵。对面是繁华的赤尾村，林白在她的一篇小说里直接移用了这个村名。仅从字面上看，赤尾即红尾巴，能联想到鹦鹉金鱼大鸟等等美丽的活物，事实上它在当时是活灵活现的窄巷黑墙小窗污水老树，碉楼下夹杂着茅草过人的荒芜院落，台风一过，银亮亮满街过膝的水。和我们一街之隔的红尾巴村，类似的景象十几年里被城市快速吞没灭迹，谁想探询过去，要跑几十公里去大鹏镇参观。

住在冷清的下步庙，外出吃饭要去有霓虹灯的赤尾村或巴登村，后面这种地方才深藏这城市的底细。早些年我看好莱坞影片《午夜牛郎》，后来又有陈果的《香港制造》，总是立刻想到深圳层面深厚的老屋村们。我曾经的本职工作是电影剧本，对故事有特殊的感觉，每天我们被密匝匝的故事细节挤着，挤得久了麻木无知觉，哪个人的活着不比电视连续剧精彩又多悬念？

一个出国十年再回来的朋友说，你们住的社区简直不敢认了，南方的树长得惊人的快啊！

十年的树木就满目沧桑了，住在树下的人居然淡淡的没多大感觉。不要奢望记录什么，每天抽一份报，树荫下草草翻过了，随手塞进垃圾箱，踢踢踏踏回家。我们的病就是没有感觉。

可是有感觉又怎么样，总是长吁短叹呜呼哀哉呼天抢地又怎么样。徐志摩在阳朔住过，故居里空空的只有一棵落花的玉兰树。萧红在呼兰的故居，所有生活用具都是近年从农民家里零星搜集来的。人一旦离开，他的气息也就没了，想留都留不住，何况人人急着要向前方眺望，什么都顾不得留。赤尾村农民摆渡过深圳河去"过境耕种"的少见了，下步庙渐渐成了外来人口的临时落脚地。我不久前回去，清洁工还是几年前的湖南人，他正倚住垃圾车按手机，见到我忙着招呼，还是"庙"里的人，亲切啊像见到了老乡亲戚。

你到某某地方做什么

有一本美国短篇小说选集的书名是《你在圣弗朗西斯科做

什么》，其中"主打"短篇写一个爱管闲事又老套的邮差对新搬进社区的一对嬉皮士青年的疑虑和监视。我一直是几乎不买小说的，当时是二十世纪八十年代，在一家现在早已经消失的书店里看到它，立刻买了，完全是被它的书名打动，被那种质问的句式。

你来深圳想做什么？这是二十世纪八十年代中后期新移民之间见面最自然的对话。

有人为理想，有人为自由，有人为爱情，有人为逃避。二〇〇三年的夏天，我和儿子在华强北顺电商场门前，这个全部童年记忆都在深圳的年轻人说：你知道眼前这些急匆匆冲红灯过街的人都是为了什么，答案只有一个字。我非常认同他的判断，虽然我们都不把那个字说出来。他是被我们带大的孩子，更是被这个城市带大的。眼见着理想主义蜕变成为弱智的代名词，他有资格有体会，所以能一语中的。

我说过，特殊的年代，几年就出现另一代人。我们落下脚来不过十年，涌入这城市的外来者们像集体校正了准星一样，目的惊人的一致。内地一所医科大学附属医院的内科医生问我：如果我去深圳，能拿到现在报酬的几倍，拿红包很容易吧？

掘金者往往是一块热地的先潜者，而在他们之前，也许还有更早的进入者。

有个朋友总发现晚于他的年轻人在成功，他说：那不是对我们的讽刺，是对比我们个人大得多的东西。

世界上先南辕而后北辙的实例不少见，我们作为直接亲历者不失落也不惊奇。但是，我在二〇〇三年十一月的漫天阴霾里想的是，在大的波动之后，会不会出现异类，出现弃北辙而趋南辕的人？

许多瓶子的开口都是螺旋的，深圳这只城市瓶子，我们也许是它瓶口的第一旋，后面还要旋多少次，才有酒香溢出来？

有人不久前告诉我，欧洲近来有三千万三十五岁左右的在职精英要求减薪而增加假期，他们提出晒太阳比赚很多钱重要得多。告诉我这消息的人自己就是三十出头，新加入了这城市的暴走一族。

有时候也要翻翻小说，要偶尔自问：你到这世上究竟来做什么？

鲜花们进了城

作为一个北方人，相当怕冷，来深圳后没去北方过冬天，十八个春节都在南方。前几天接到儿子同学的电话，关于二〇〇四年迎春花市摊位。我说，你们又想卖花了？说话的时候想，第十九个春节又快了。鲜花们又要进城，人们又要长一岁。

北方人对花开很敏感，八十年代初我去广州转南宁，惊异满街生着开花的大树。其实那不过是最平常的紫荆木棉。

北方城市的迎春花展只能在不大的玻璃暖房里举办，门口一块铁箅，擦掉鞋上的积雪，在湿闷的空气里人们认识了在北方才被娇贵的一品红，含羞草，白玉兰。我小时候自家院子里种了不少剑兰和西番莲，初雪落地之前要赶紧挖出它们的根茎，存放在有暖气的家里，花和人一起等待大地解冻。

一九八五年的春节，先一步来深圳的朋友们结伴冒雨去广州看新年花市，两个月后见到我，急迫地向我转述看花的"盛况"。一九八六年，深圳迎春花市在国贸前的人民南路开，前一年去广州见过大世面的都很不屑，他们还是不忘广州，可惜去广州不是小事情，坐中巴要颠簸四小时，他们只好凑合，只好摇头：这也叫看花？这是小巫见大巫。小巫啊每年每年精心打扮登场，不像电视剧所说大雪小雪又一年，是年橘水仙又一年，深圳的花市越来越有规模，再不会有人傻到想去广州了。

过年总要有个象征，在北方农村要扫天花蒸干粮。寒冷就是天然大冰箱，二十世纪七十年代末北方城市居民楼的窗口吊挂出大包小包，全是好吃的。有一年小偷连夜进城，带着顶部嵌进小刀的长竿子来扫荡年货。

我看南方的雅致，首先是它有迎春花市，从年橘到比利时杜鹃到猪笼草到荧光圈到凡·高向日葵的临摹。每年一场魔术，它总要酝酿新奇的东西突然在我们眼前展开来。

大约五年前，守护卖花摊位的有大学生，报上说是勤工俭学，我怀疑这说法，嬉笑着晃在花农间的学生，不可能靠那几只蔫花赚到读书的钱。我儿子长大了，从总是不小心放跑氢气球到上街卖花。二〇〇三年，他和几个初中同学租了一个花档，收假币进错货挨冻守夜高声叫卖小心对账样样都经历了。五天下来，赚到的钱刚好够每个参股注资者同吃一餐麦当劳。这个年三十夜里，儿子带了隔壁花档花农送他的三枝富贵竹回家说：钱在别人口袋里，你凭什么让他掏出来交给你？这就是他"赚到"的。

鲜花们无知无觉，颤颤地坐着货车进城，临街站着，分流到不同的人家里，陪伴着不同的人过年。

四下里望望谁最苍老

偶然看见一个大学生抄在笔记本上的"名言警句"，其中有两句话：

我今天二十岁

我感觉我已经很老了

我问：这是话是谁的说的？

回答是：正在深圳大学读本科的一个家住深圳的学生。

我想起儿子讲给我的另一段对话，他上高中的时候，老师提问某男生,突然话题一转:你过去知道什么?学生愣愣地答:什么也不知道。老师追问:现在呢?学生又答:现在?我什么都知道了!当时教室里哄堂大笑。老师的本意想强调传授知识的力量,学生们用放肆的哄笑给它增加了张力。他们什么都知道了,亚当夏娃不一定幸福。

十年前的某一天上午十点钟,我出门散步,四下里望望,没见什么人,小叶榕的气根在风里飘,远远的游乐场里有响声,是个有相当年纪的老太婆悠悠地独自闭目打秋千。我禁不住说,深圳不再是最年轻的城市了吗?老人和秋千的反差,那个景象没记录下来,当时还没有 DV,也没人很看重隐私权,现在 DV 有了,却不敢随意把镜头对着谁。

老太婆们在秋千上享受悠闲,二十岁的孩子们老了。

我认识一个孩子,没考上大学,父母生怕深圳没有好的读书氛围,把他送去北方上学。突然离开他生长依恋的南方城市,祖籍就在北方的他,完全不习惯雪地寒冷煤烟棉衣,他愤恨那个环境,日夜要追求有"品位"的生活。卡上的零用钱很快不足,他最得意的是,找到一家医院,现在是个新药特药的自愿试验者。希望那些新药毒性不大,希望盼他出人头地的父母永远不要知道他在北方不缺钱的原因。

有天早上有事,我七点半出门,看见社区里老人们在广场中央转着练舞扇,广场两侧,急匆匆的,全是赶车去上班的年轻人。其中有我们的一个朋友，辞了旧工，没找到新职位，两个月来每天早上响闹表早起提包赶车，日日做上班状，怕和他同住的母亲担心。

他们是被谁给上了最紧的弦，谁任由他们在这个据说平均年龄只有二十多岁的城市里苍老下去。

今年这个炎热的暑假，来我家的年轻人们总是重复一句话：要看见未来。

俗话说，人要站得高看得远，却没说越深远偏偏越累越艰辛啊。

华强北十八年

深圳华强北是个地域名称，但同时它又在华强北这三个字之后饱藏着故事，如果低于百年的历史也可以称沧桑的话，我见到的华强北虽然不过十八年，却已经历尽沧桑。

我第一次来华强北，这里空荡荡一片工业区，编号的仓库高门矮墙，偶尔经过一辆载货车。有个朋友请我们玩，没想到他住一幢厂房楼上，幽深的长走廊，远处总有装卸金属块的轰响。我们说，还有人住这种地方？是在华强北这朋友的临时住处，我第一次看录像。是一九八五年的夏天，下楼走很远，才找到挑担子卖西瓜的，一毛五一斤。切成条的瓜，全摆在街上。

　　二十世纪九十年代初的华强北，街西百米之内坐满了找零工的人，背后是越长越高的夹竹桃，花开得正茂盛。每人脚下一张硬纸板，写了泥头车，中巴，是应聘司机的。还有西点，川菜，高中物理，英语，家教。卖旧货的写二手 486。大多数时候，临街并没几个人，只是用纸板占着位置，找工的人都在夹竹桃下躲太阳摆象棋，没见谁急不可待惶惶不可终日的。

　　许多年里，想来这城市找一份事情做的人太多了，到过我家的也不计其数。有个女孩才落脚两天就在当时的华强南路人才市场找到工作，在华强北中航一带上班。她来我家吃饭，临走要七毛硬币，给她一块，她坚决不要，说坐一次车七毛，为什么多给他们三毛。后来听说她每天只吃一餐饭。找到一家公厕，每次收费两毛，还可以冲凉。就是这个小姑娘，是我最早看见带传呼机的人之一。我说，养一个机器还不如先吃饱了肚子，她说 call 机就是机会啊！现在这孩子早已经去了北京，买了自己的楼。

　　今天，购物者接踵喧闹的华强北，没人去关注，曾经有多少人在不同时间以什么样的心情出入这里。

　　大约十天前，我路过中航路，靠人行道一侧蹲了一个穿中山装的男人，用塑料夹完全挡住脸，脚前一只旧式黑皮包上，用白粉笔写了一行字：我饿了，哪个好心人给我一点吃的，给我一份工作。没谁注意他，人人行色匆匆。我先经过了，再回头去看一眼，等我回味写在皮包上的那段话，已经走到当年种夹竹桃的位置。我想，也许，那人是真的遇到意外困难，也许该信任人一次？一小时后，再经过那儿，不见人影。

木桩上绑着个孩子

我哪会想到，被我所经历过的就这样成为了历史。完全透明甚至感觉还热着的白开水，不知不觉中已经变成了色泽沉郁的浓茶。

我记忆中一九八五年的深圳是个未知的大工地。从圆岭住宅区向空荡荡的西南方向望，红土滚滚里可见的唯一建筑物是今天的天虹商场。如果把我当年从临时安在圆岭家去天虹商场所走的路标示在二〇〇三年新版地图上，那一定是一条荒诞之旅，斜穿的是几十栋高楼的大堂和水泥柱。

那个夏天，没什么地方能消磨炎热的夜晚，我们这些新移民漫无边际地沿着街走。突然发现远处一片低矮席棚下面逆着光跪了一个人，很小，长发，像个女人。我们之中有做记者的，有新闻敏感，他说，有事了，是拐骗妇女的！说着就跑，穿过野生的芦苇丛，发出恶劣气味的水坑，我们都兴奋地跟上了跑。那地点大约在今天的建艺大厦，荒地中孤零零一个由废旧汽车轮胎围成的废品收购场，跪着的是个十一二岁的男孩，佝偻着

垂着头，倒背手绑在木桩上，又黑又瘦，像流浪的三毛。经营
废品生意的老板出来了，潮州人，棚屋门前摆着工夫茶摊，有
几个赤裸上身的年轻人蹲到一边咕嘟咕嘟在竹筒里抽水烟。老
板说，是个贼。他说了很多，我们没可能全听懂，大概那孩子
是偷了汽车轮胎，而且不是一次，是惯盗，老板说得自己发了
火，猛然起脚，狠命踢了那孩子一脚。那孩子不仅不言不语，
连头都不抬，只是踉跄。记者制止老板，说他还是孩子。没想
那老板暴跳如雷说，他是贼！比他细的崽我都抓过，全是贼，
几个一起来偷，好彩今天我抓住这个，没让他们全跑了！我们
拿出记者证，责问这老板是私设公堂，犯了法。他并不怕，说
私刑算什么，我抓一个就斩一个手，看他还敢不敢偷！他越说
越气，又冲过去踢跪在地上的孩子。我们说派出所，老板不屑。

　　一九八五年，没人知道深圳这个城市的边界在那里，到处
刚刚推平的空地，到处堆放钢筋水泥铁皮木板，谁能担保这个
老板是做正当生意的，也许是大偷抓住了小偷。

　　就在我们想寻事追究眼前这个凶老板的时候，一阵混乱喊
叫，那个孩子跑了，地上滚着轮胎，几个打工的疯狂跑去追，
他逃的真快，只见到茅草中消失的可怜影子。

　　构不成新闻的这件小事过去，我们在蚊虫四起的荒地里继
续散步，又重复无数空荡荡的晚上，霓虹灯和娱乐场所远在老
街远在雅园。只有记者有心，把傍晚见小偷这事写了，发在报

纸头版，算当时的要闻。

一个人喝醉了

经常，见到喝醉了的人，无论南方北方，人们见怪不怪。

但是，北方严酷的冬天，喝醉了又走出酒馆的人跌跌撞撞在晶亮的冰面上，那种窘态我见过。老人们说二十世纪的三四十年代，北方城市有专职的"市政马车"，每天天刚亮就上街，搜寻冻死街头的酒鬼，硬挺挺抬起来扔到车上，叫"收尸倒"。南方好，绝没那么凛冽的气候，喝得醉人却喝不死人。

一九八九年冬天的一个昏沉下午，一个朋友打电话来让我们过去，说有大事要通知一声。他是个画家。赶到画家那儿，天开始下雨，他的门开着，能扑倒人的酒气。从他断断续续的酒话中，知道他赶走了女朋友，接了一批画"堂画"的活儿，水泥地上到处是油彩，一张张平摊着正等待晾干的"向日葵"，不锈钢锅里泡着一把脏油画笔。他醉得就坐在肮脏的地上，还双手拍打它。

所说的堂画，就是没有艺术个性的批量临摹批量生产。前不久我去布吉大芬村，那里已经大字标牌写明了叫"油画村"了。三千块钱学费可以教出一个画家，在阁楼上临摹凡·高、达利。二十公分见方的一幅布面加框油画，售价人民币八元。

我看见几十张向日葵，价钱略贵于其他画，以为卖的是知名度，去问正临桌画巴黎夜景的小姐，回答是用油彩太多，损耗大。小姐相当自豪，说他们的画都是向国际上批发，好像国际上是个尽人皆知的艺术画廊。

而我的画家朋友在十几年前因为"堂画"而痛苦求醉。

当时，没办法给他立即解酒，我想关上他的门，到了下午时间，不断有人经过，向这间房里观望。但是他不让我关门，他拍地，他说，光脚好啊，比穿皮鞋好，比穿什么鞋都好。有人放慢脚步，向里面瞟几眼，他极其热情，像见到了最好的朋友，他当时说的话我还记着他说都请进吧，本画室没有作品！

没有作品，足以使一个画家痛苦，那痛苦超过大芬村的一家家画店们断绝了生意，画店可以改换门庭，开花店礼品店士多店，画家却做不好别的，他不认可去做其他的。画家在十年前去了旧金山，后来回来过两次，第一次又醉了，好像没有过渡，一下子就醉，从座位上滑下去。今天，我走在街上，在巴登，在蔡屋围，路边小店一到夜里就摆出桌椅啤酒来。我看见那些并不富裕的人，他们当街买醉，夜深了，开始高声赤膊。我就想，谁会肯抽空听听他们闷在心里的话？不相识，当然不停留，只顾赶自己的路。

卖风筝的

那个卖风筝的，听口音是个中原人，整个看上去没什么性格特征，除了比较黑的一张方脸。

最早见到他是一九九七年秋天，偶尔走到莲花山，遇到几个缠人的流动小贩，有卖水的，有卖食物的，后来他来了，提着几只风筝，四处跟着游人推销，风筝在他身后拖带很长的彩色尾巴。当时的莲花山并没有很多的人，放风筝还不流行。

我们买了他一个最普通的三角形风筝，真的放到天空上了，很快放尽了所有的线。他跑过来给了一个传呼机号，说下次来再找他，他有更长的风筝线。

下一次已经是二〇〇〇年，大风天，闲着转上莲花山，迎面急急赶过来一个人，挺热情地打招呼，说我们几年前买过他的风筝。真惊异卖风筝人的记忆力。这次他推销他自己制造的大黑鱼，像鲸鱼也像墨斗鱼，不知道。他说，他以前是从别人那儿批发风筝来卖。现在自己设计风筝卖了，但不是为赚多点儿钱，主要是爱好。

他说，好天气好风头的时候，你们来试试我的黑鱼，天上花花绿绿的小风筝，突然冒出一只大黑家伙，拖着黑尾巴钻上天，好看啊，有点另类，有点霸道。那天风大，没机会试验他的黑鱼，满山连个散步的都没有。我们本来想走，但是，不好打断他的热心，就在树下听他说了一会儿风筝经。

离开的时候，我说，看这个流动商贩那着迷的神态，哪儿像个卖风筝的？

二〇〇二年春节，又去莲花山，没想到风筝满天，人人都来玩这个。足足过了两年，才试飞那条黑鱼，当时的天空间已经不止一条黑鱼，显然它已经过时了。真正引人关注的是一条超长的蜈蚣。后来，我们的黑鱼和两只彩色三角纠缠一起，中了邪一样在天上乱转，不知道卖风筝的人从哪个角落里跑出来，还认识我们。他不知辛苦，满草坪奔跑，帮几个缠在一起的风筝脱离困境，我们的黑鱼终于带着线回到地面了。

这次，卖风筝的两手空空，他说，他不卖风筝了。不过他答应马上帮我们换一种最粗的风筝线，据说，一般的风筝线遇到这种"高级线"会被隔断。随后，跟他去了他的住处，买了两轴最好的风筝线，准备将来接在一起，让黑鱼飞越过所有三角们游动的地带，让黑鱼升得更高。

他临时租住的家是个小型作坊，满地的彩布，三个人忙着扎风筝，两个正要出门卖，都是他从老家叫来的亲戚。而他自己，他说他在玩风筝，他说，想要什么特殊样式特殊功能的风筝，就到草地中间的榕树下找他，每天下午他都在，和一些风筝发烧友们一起。

简直不能想象，一个卖风筝的，怎么被改造成了玩风筝的了。

大芬村

在大芬村还是个平凡朴实的小村子时，曾经顺路绕进去过，当时有画家也有了画店，忽然看到这里会有油画卖，特欣喜和意外，用二十块钱买了两幅小画，米罗的临摹品。当时突然进入大芬村的感觉，像进入了有颜色的梦境，一个自然而乡土的地方，不起眼的小门面，高高地堆着画，凡·高的向日葵下面一张就是高更的异国女人像，真有点意外。

后来，几次带朋友去过，每次都买画。第一次买米罗的小店常常没有人招呼顾客，我们通过木楼梯，阁楼上，总有人在作画，巴黎街景，或者鸢尾花，往往同时画两张。小画工随意性很强，随意填多一笔，减少一笔，好像是他在创作。

散步在香烛烟火味道的小街上，看见出租屋外墙上张贴的小广告："画工，学费三千元，包吃住"。大家说，这么方便的绘画速成班，将来有空也报名学学。我们还说，有这样一个奇异的小村庄守在近处，感觉还不错。有一年的春节花市，推荐几个租摊位的大学生从大芬村进了几张凡·高的向日葵，结果，第一天就卖掉一幅，二十八块钱买进，六十八块卖出，这下鼓舞了孩子们，又去买进了五幅同样的向日葵，居然再无人光顾了。现在我们家门口放鞋的位置还戳着一幅，已经三年了。

今年又去过大芬村，感觉它全变了，新了，西化了，当年买米罗的小店消失掉了。路面扩宽整齐了，楼房有壁画，停车场加大了几倍，街道两边到处可见的铁栅栏都是欧化的"铁艺"。但是，没变的是那些"行画"，用色过于艳丽的巴黎街景和鸢尾花。

据我所知，大芬村还不是最早出产行画的。二十世纪八十年代中期后期的深圳，就有分散接单制作成批艺术品的，只是不集中，没成规模。一九八五年认识一个画家，他大多数时间都靠制造"行画"为生。这个人内心总痛苦，总在谴责自己，总想回到自己的创作状态，他内心里很抵制，美院学油画专业的却要毫无创意地临摹别人，全是糊口，他特痛恨糊口。都说，爱情，死亡，是艺术的永恒主题，如果让我说，排在爱和死之前的是糊口，这才是最永恒又最切近人类的主题。

艺术不是制造出来的，不是一件着急的事情，不是一项工程。当大芬村重整面目，准备向艺术靠拢的时候，它才会知道它离真正的艺术有多远。

一个跳蚤市场很兴旺的时候，它不能宣布它已经因规模的变大而跳升成了超级市场。卢浮宫的主体当然不是建筑物的艺术，艺术氛围的村庄不可能在几年之中被"制作出来"。

我喜欢大芬村始终是个行画的跳蚤市场，温情的，眼花缭乱的，穿拖鞋的和穿西装的随意出入的小乡村。不能轻易变味道，轻易谈论艺术，不能要求一个小村庄承担它难以承受的功能。

商业和艺术不可混淆，不能因为绘画可以成为商品，就推理为商品绘画等同于艺术，

艺术是唯一的孤独的，所有离开艺术的元素发生的一切都只能是反艺术，是衍生的，非必然的，我家里的那幅向日葵正印证了这个道理，有一次，想到凡·高，假如带他转转大芬村，再跑到我家喝茶，他会问我要刀，愤然割掉另一只耳朵。

住在香港岛

久远的记忆

由春天转到夏天，今年有两个月，我是在香港度过的。

最早去香港是在刚来南方的一九八五年，也是春天，整整三十年了。

那也叫去香港吗，找边防支队，办边防特别通行证去的只是和深圳的沙头角中英街。人们排长队过去，开始两脚站在中方这侧，眼睛瞄着英方那侧，慢慢蹭过去，钻进那边的店里，货品挨样看过，趁着门口没有英方警察也没有中方边防军，赶紧溜回自己这侧，和偷渡客的心理相近。过街那边去，买十块港币四只的杧果，或成箱的公仔面，或力士香皂，或大包味素，不辞辛苦地提回来。

大约二十年前，在沙头角的酒店住过一星期，每个早晨看成群的港人一家老少来酒店餐厅饮早茶，见很多婆婆的耳垂是豁开的，颤颤的抖着的肉，不知是不是该怪金耳坠太重，家中太殷实。不久又去香港的九龙住过一星期。再后来多次转机经过，但在香港岛住两个月是第一次，而二〇一五年的香港是过去那三十年里没有过的低沉低调。

香港岛

香港的中心在香港岛，它是香港第二大岛，虽然面积只有整个香港的百分之七，却有一百三十多万人生活在这儿，大约占香港总人口的六分之一。

一百年来，这个世界最拥挤最繁华的地方不断有不同风格的建筑渐续耸立，互相拥塞又犬牙交错，看上去各自和谐地相依着。

港岛偏西，坐落着尽人皆知的香港大学，我就在港大半山上住。

稍有留意，能从当地"红的"司机和周末市民举家游览校容的神态里感到普通百姓对这座香港最高学府始终不变的仰望。

香港地铁在二十世纪七十年代初开始建设，最早通车的在一九七九年，而港铁通到香港大学是新近的事。我住山上的两

个月，常在地铁香港大学站的电梯口看见穿黄色 T 恤的港铁职
员为乘客引领指路。平时经过校内长廊，只要望向地铁站，一
定能看到他们忙前忙后，微微躬身，脸上有笑容，引导乘客上
电梯，稍有疑问，都会耐心讲解。特别是周末，遇到扶老携幼
来游港大的市民，他们更会细心关照。

在广东生活久了，听到他们招呼着"早晨"和"慢慢行"，
那种街坊间的温软亲切都被简短的粤语带出来，想到二十世纪
九十年代初带孩子坐火车从北方回南方，听到周围人说广东话，
孩子的第一反应是"真亲切"。

大　学

香港大学有很多地方和大陆高校不同，最直观的感觉是太
挤了，几乎没什么开阔的空间，没有很多名校的大草坪。港大
学生多走读，学校无法提供充足的宿舍，学生们每天要从香港
各地赶来上课，有些要转几种公车，地铁通了，终于便利了很
多。香港地铁修得艰难，实在是受地理环境限制，半山地形复
杂，空间狭促。据说香港大学地铁站的站台升到大学的电梯口，
要直直地拔地而起七十米。

正是地形所限，港大是在香港岛上依山逐年扩建的，这个
建设的过程现在还在继续，学校里现在还有楼房在改建施工。

港大最早的历史能追溯到一八八七的香港西医书院，后来这所学校和另一学校合并，一九一一年，香港大学正式注册成立，到一九一六年第一次毕业典礼，只有二十三个毕业生，可见它起初规模不大，建筑也只有靠海岸平地上那栋带尖顶的主楼。当时的学校还没有像现在"步步上山"。

从香港大学地铁站通向学校的长廊里布置了很多历史老照片，有西装革履的男生和穿裙装的女生，早年能读得起港大的，多是富家子弟，有人是坐汽车带随从和佣人来上课的。

港大毕业生里，众所周知的有孙中山，他的立像现在在校内荷花池边，并不高大，但是塑像写实，有特别的亲和感。另外知名的还有张爱玲、朱光潜、许鞍华等等。

慢慢看老照片，能了解这所百年大学经历的辉煌和磨难，包括二战时候被日军轰炸后的塌陷的屋顶断壁，无论怎样，这所大学都端坐在港岛的半山上，它主楼的尖顶，大块基石和铺地花砖，容留着不同时代青年人的勇气，求知欲和真知灼见，守持着它所秉承的精英姿态。

不同时期兴建的楼房挤在逐渐升高的校园里，有些衔接得生硬，时间长了，生出了特殊的港大味道，楼缝间多角角落落，每一栋楼每一转角都可能藏有故事，比如庄明月楼的各种传说和衍生出来的暗喻，好几个女生都同我提起，一开头就停不下来。又比如，位于后山的校长宅邸开满花朵的后院，坐着一尊朝向海湾的粗筒大铁炮。

港大后山

好多港大学生没去注意后山上有座滤水厂，从那儿走小径再向上，有龙虎山环境教育中心，我叫它小白楼。

关于香港的名字，有一个说法是，当年最早登岛的英兵在香港岛上岸后，遇见一个挑担子的女人，英兵问这里是什么地方，女人用客家话随口说了一句，被英兵听成了香港。很快，这些外来者开始失望，他们发现整个香港岛缺淡水，山石结构不容易打井，他们说港岛就是一块大石头。从那时候起，淡水供应成了大问题，特别在人口陡然增加以后。征集各方意见后，开始修建蓄水塘和滤水厂，现在从太平山顶西望，能看见靠近港大的薄扶林水塘，它建在一八六三年，是香港第一座蓄水塘。

海水冲厕也是香港特色，在大学里能看见标记冲厕海水的专用管道。

沿着校内的后山走，可以看到很多人工垒砌的石壁间留有泄水孔和一级级向下的排水渠，山水不断汇流，始终在向水塘蓄水，即使早已经有了广东引来的东江水。现在的年轻人不太知道香港在二十世纪六十年代初，由于大量难民涌入和遭遇干

旱，供水出现困难，一九六三年制定过严格的限水令，每天居
民供水只有四小时。

　　学校的后山也叫龙虎山，山顶有一九〇一年为加强海防设
立的炮台遗址，从这里可以俯瞰维多利亚港的西口，日本攻占
香港时，炮台多次遭飞机空袭，有守军伤亡。

　　港大的学生也可能不知道龙虎山环境教育中心，越过大学
道向丛林中走不远有两栋白房子，一百年前这里是滤水厂的员
工宿舍。两栋建筑，分别属于一级历史建筑和二级历史建筑，
前一栋是西式风格，早年是香港水务署高级职工宿舍，高级员
工多为英国人，另一栋建筑风格中西兼有，是普通工人宿舍，
中国工人住这里。

　　第一次去环境教育中心，有个正在布展的小伙子主动过来
介绍。而我注意到屋脚下，一个个布满黑土的槽里，有刚发的
绿芽，每一槽都有标签，有的写着"空心菜"，有的写着
"禾"，小伙子说它们刚刚下种，准备给来参观的孩子们看看我
们的食物是怎么长大的。后来再去过几次，眼看着菜苗和禾苗
在长高，渐渐油绿。

　　环境中心向游客介绍龙虎山的植物和动物，平日里都开放，
当然是免费的，它属于港大和环境署，小伙子是港大在读研
究生。

大学的异同

全世界的大学有一点相同，年轻有活力。

不同的地方远比相同多，和内地的大学比，香港大学不一样的地方很多，除一目了然的建筑，多是一些很容易忽略的细部。

港大没有高音喇叭，没有不断更换的大红大蓝的标语横幅，没有大清早的列队出操。两个月的时间里，认识了各种各样的老师和同学，感觉他们都更是独自的个体，自己忙自己的，不在自己没兴趣的事情上耗费时间精力。

内地高校内外各种小吃摊和小店多，常围满学生。在港大，即使校内餐饮也安静，不声张，在这里"吃"被显得远没有那么重要，市井气没那么浓重。事实上港大的餐馆不少，包括素食馆和社会救助机构的非营利小店。

也许和走读有关，港大的学生更匆忙，走路飞快，漫步的和闲聊的很少。每天在不同教学楼之间转场的十几分钟，是人声鼎沸也行色匆匆的时候。学生们说，平时紧跟着课表跑，即使半路上遇见好朋友也常顾不上打招呼。

一位从内地来的本科生告诉我，刚入校的新生多能获得学校的宿舍安排，他们叫"舍堂"，在舍堂住满一年后，学校和周围环境都熟悉了，也到了下一届新生入学的时候，会重新分配舍堂，继续留住很难，要符合很多硬指标。

升到大二，大家多去校外租房，学校会有补贴。一位同学来自大陆的河南，同三个女生合租了离学校比较近的房子，"三年死租"，意思是三年内不加房租，五十多平方米，月租金一万三千五港币，在房价不断升高的港岛，算是很幸运的了。

听说，香港大学在二〇一四年招收三百名内地本科生，招外国留学生也是三百人，不包括研究生。

在电梯里，几次遇到讲韩语的女孩，是来这里学汉语的韩国人。

香港以外的学生在大一就开粤语课，是必修课。

我问她们，能逃课吗?

她们说：不能随便旷课，会有出课记录的。

港大的各种课外讲座多，都想去听是不可能的，一个周末晚上，几场讲座同时开始。讲座海报都贴在告示栏。整个校内的标识，英语多过汉语，好多海报是双语的，也有些只是英语。

有位研究语言的同学告诉我：香港的学生更把汉字当成应用工具，很少有母语感，他们的基础教育里没有统一的汉语拼音，不同的学校教不同的汉字拼写方法，据她了解有七种之多。用键盘打汉字得用偏旁部首，比较起来，直接使用英语更方便快捷。对于在香港读书长大的孩子，汉字和英文一样，都是工具，他们的母语是粤语。从内地来读书的学生很快就把汉字输入法改成繁体，很多简体字香港的同学不认得。

中午以后，很多学生活动开始，太阳伞下面摆出各种摊位。我关注做中国贫困地区教育的"香港大学学生会中国教育小组"，他们的宣传语是"生命点燃生命"，具体的项目是"致力改善着贫困地区的教育情况，为国内面临失学的学生筹募学费，组织考察团到内地山区学校义教，进行家访并同时监察善款运用"。他们的口号是"你有没有想过，原来二十元等于贵州农村学生两天的学费，每月捐助二十元，虽然看似微不足道，但只要有十二人的参与，就足以负担一个贫困学生一年的学费。你的点点付出，足以为贵州农村学生带来无限的改变"。这个机构"非宗教，飞政治，非牟利，不受薪"。

当然更多学生去看漫画、找好听的音乐、好玩的手工制作或尝尝韩国小甜食，他们被更时尚的东西吸引。学生活动开始后的校园长廊像个热闹的集市。

我在校内的住处要不断地爬山爬山，陡直地望下去，有个运动场地，有时候学生在拉弓射箭，有时候撤了箭靶打网球，在屋子里能听到箭射进草靶或网球弹落地面的不同响声。

港大是没有人守校门的，它全开放。周末的时候，学生明显少了，校园里换成各种各样推儿童车和老人轮椅的，好奇地到处巡视。

一次一个路过的儿童碰响了消防报警装置，几秒钟里，从三个方向跑来三个穿白色上衣的警卫人员。

校内行人最多的通道上有个鲜明的标志，是火警集中处。

也常有穿校服的中学生排队来参观，到处拍照。他们说到考取港大，跟内地孩子考取北大的感觉差不多，如果不是去英美读大学，很多香港孩子当然首选港大。

后山的一大早，先有各种稀奇古怪的鸟叫，是那位种禾苗的研究生告诉我的，这山上有一百二十种鸟类和八十种蝴蝶。如果是周末，随着太阳升起，登山的人多了，树间隐约传出他们的讲话声。

我要离开的时候，正临近期末，考试集中，一位同学说，常常学校的各餐厅会在考试日免费发苹果，同学们都可以来领，意思是平安考过，是一个祝福。她说，看见发苹果一定告诉我，可是今年发苹果的场面，她也错过了。

倒是住处柏立基的餐桌上，每天有一只苹果或一只橙子。晚上，几乎没客人，餐厅师傅阿伟系着围裙出来，每说话必微微前躬身子，好彬彬有礼的师傅。忙过一天的餐饮，他能轻松聊几句了，聊了才知道他读过很多书的。

怎样描述香港

该怎样描述香港才更贴切？

大家都知道在老歌里把它唱成"东方之珠"，但它需要不断地被重新定位和认识。就像每天都在变化的每个港大的读书人。

这个问题我想了很久，看过一些回忆录，去过历史博物馆，问过一些有经历的人。

有个有趣的角度，从香港人口变迁的数据来看：

一八四一年估计全港有七千人。

一八四五年有了最早的人口统计，香港人口两万三千八百一十七人。

一八六一年是十一万九千三百二十一人。

这一段的人口剧增，和太平天国起义，内地战乱，难民涌入有关。

一九〇〇年义和团起义，随后的军阀内战，香港人口增加到二十万。

抗战开始，一九三九年日军占领了广州，大量逃难者涌入香港，人口激增到一百六十万。

而一九四一年香港也沦陷，港人又逃向内地，二战结束的一九四五年，香港的人口只有六十万。

随后不到五年，到一九五〇年，香港人口达到了两百三十六万，几乎激增四倍。

在内地饥荒四起的一九六〇年，香港人口三百零一万。

后来不到二十年间的一九七九年，香港人口五百万，其中百分之三十九是二十岁以下的青年人。

这些陡增陡减的数字，背后是一个个肉身的人在流动，几乎都伴随着饥饿，奔跑，恐惧，困苦，匮乏，一个人有一个故事，一万个人就可能讲出一万个故事。

我想，香港对大陆而言，像个荷包，有时候它鼓起来，有时候瘪下去，大陆遇到灾难困苦，它会鼓起来，用它狭促的陆地和海域，去容纳那些需要庇护的，而另一些时候，人们转去大陆或海外讨生活，把它空空瘪瘪地留在海边。对流民，它是一块稳定的福地，鼓鼓瘪瘪能伸能缩，才是香港岛久远而富有张力的特别功能。

刚到香港的时候，听一位教授说：我们香港好奇怪，大陆好的时候，我们不好，大陆不好的时候，我们就好，就是这个样，真不知是为什么。

一百多年的时间里，给数以百万计的流民落脚生根，先给他们衣食淡水和谋生机会，再让他们和他们的后辈能够进学堂读书，成为这片土地的主人，把它擦亮，变成真正的东方珠宝。是不是可以说，有了大学的香港似乎不只是荷包，还可以是故乡是香袋是锦囊。

我的学生们

李亚驹

这个男生脑子不停地转，好像总在思索，思索的都是大问题。

老师，从昨儿到今，我想明白了人生的目的，有人说人活着是为了父母，这个我不赞成，人活着应该是为自己，这和为父母本来不矛盾。

老师，昨晚我的思考结果是，我这一生的目的就是要在生活中寻找那些美好的事物，我的目标终于清晰了。

老师，我发现我更喜欢顾城那种诗歌，有很多好的诗句，我把好句子都抄下来。那天和同学闲聊，说着说着，发现我们平时说的话记下来就是诗啊。我们开始回忆到底哪一句像诗，又都记不起来了。

老师，你的诗歌课告诉我，曾经有些人走过那样一条路，可现在没那条路了，是路没了。

老师，有一天我突然明白了，海子的"面朝大海，春暖花开"把我们骗了，原来我以为海子多浪漫，全不是那么回事啊。

老师，有个集体多好，上了大学，发现周围的人太散了，真希望有那么一件事，就那么一件，齐心协力，大家就干好这一件事，那多好。

老师，我们在宿舍讨论你想生活在哪个年代，有人说春秋战国。我其实想活在你们那个时代，那年代单纯。

李亚驹，来自山西昔阳。他说昔阳过去很出名，昔阳出煤，他姥爷小时候就是挖煤的，现在的农村到处都是坑，有些地塌了，有些村子卖掉了，回到乡下去看看，那才是伤心呢。

从小受父亲影响，非常喜欢中国古典诗歌。有人告诉我，李亚驹对传统文化有点痴迷，曾经花八十元在网上买了一把中国大折扇，摆在床头。

晏恒瑶

晏恒瑶是湖南湘潭农村的姑娘，很安静，总是默默的。二〇一一年春节一过，收到她的邮件说她在深圳，跟做家政的妈妈住在一起，想找实习单位。我恰好也在深圳家里，先帮她问了报社，朋友说不缺人手。我问，白帮忙哦。回答是，想交钱实习的都推不掉，真要来得走程序打报告报领导审批。我一听审批就头疼，改找做杂志的同学接收了她。就要去上班了，她说要来跟我聊聊，约了在小区门口见。那天不小的雨，她怕我看不见她，就在门外的雨里站着。

她跟我说家里的事：小时候干农活不觉得累，隔壁家小孩都是在土里玩大的，后来才知道累了。家里原来有七亩田，农活太劳累了，很不想要那么多土地。考上大学以后，急着把户口迁到学校，一迁户口，村里就会收走她名下的一亩地，父母就能轻松一点。后来奶奶去世又减少了一亩地。现在才懂得有土地的好。她给我讲述她家前面是水塘，水塘后面是菜地，菜地后面是房子，房子后面是竹林，再后面满山坡的茶树，水田在最前面更远处。爷爷在家种了很多的菜。爸爸养了很多鸡，每天收两斤鸡蛋。她妈妈在深圳做家政，爸爸一直留在家乡帮人安装热水器修上下水，脑子很灵的，不管什么活儿，一看就会，平时骑着摩托到处走，总有活儿干。还有个弟弟在湖南打工，开挖掘机。

二〇一一年春节，晏的妈妈回老家，把老房子打扫了好几天。

我问，回到乡下老房子，有反差吧。

她说，有啊，她妈妈到处擦洗，城里太干净了，妈妈做家政那家太干净了，连擦地的抹布都是白的。

她说，出来念书三年多，现在才发现家里菜好，风景好，这就是城里人说的别墅啊。

晏家现在还有五亩地。她说，她家的老房子是小时候自己看着父母动手盖的，他们就在地上挖了个坑，开始烧砖，现在房子旧了，真要翻修了。父母将来只想守在乡下，让孩子们出去。我听说大学生毕业如果回老家，户口只能落在镇上，回不到村里，土地当然没了。历朝历代的中国农民辛苦劳作的奔头是购置土地，只有今天是舍弃家园离开土地。

闲话说了两个多小时，其间她都是低声细语，只有三次语速变快。

一次听见火车鸣笛。她说：老师，旁边有火车吗？对于火车的特殊敏感，当时我想是春运的记忆还在吧，过后再想，对于上亿的中国人，火车就是父母，火车就是家乡。

后来，我们去最近的湘菜馆吃午饭，看见一次性碗筷，她赶紧说：老师不能用这个，我妈妈做过这个，不干净！

分手前，她给我一块自家做的腊肉。我说，带给我同学吧，谢谢他留你实习。她显出为难：从来没送过礼。我赶紧说，这不算送礼，农产品就是尝尝鲜。她始终迟疑，不自在。一周后她发来邮件说，腊肉还放在住处。

我忽视了一个二十岁青年人的感受，他们纯洁干净，送人一块腊肉是有心理障碍的。

邓伯超

一直没有好好写写邓伯超。从他一年级起，我的上课记里总会提到他，直到他毕业去北京进修，始终没专门写过他。这个"不想和富人站在一起的青年人"，总是黑幽幽的笑，那笑里没什么轻松的内容。一年前他在海南儋州乡下做客家人纪录片，我去看他，一边说话他一边往手臂上写备忘录，一抬左手一片青蓝的圆珠笔印记，成了我记忆中的"邓氏文身"。

邓伯超学影视之前，倾心于古惑仔。这个四川农民的后代身上奔突着粗粝亢奋的生命力。他的文字也一样。我要摘抄他的两封信。

邓伯超的邮件一（童年）：

"有一次，半夜的时候父母打架，爸爸说我妈妈不忠，喊我妈妈赌咒，如果没有跟别的男人有染的话，就砍掉自己一根手指。他们一人砍掉了一根手指。我们过去的时候，他们把门窗全部关严了，拿着菜刀在里面吵，地上放着一个菜板，上面有两根手指头。我很害怕。因为之前我有一个幼儿园的同学，头一天还跟我一起玩，第二天到学校就听说她被她的爸爸杀了，他们全家都被他爸爸杀了，当时他不过六岁。我也怕我爸爸把我妈妈杀了，然后又来杀我们。我就是从那个时候开始，只要一回到家里就觉得好冷，很害怕，特别的怕黑，现在都怕黑。但是我还是鼓足了勇气，敲碎了玻璃，跳了进去，跪在地上，跪在玻璃上求他们，他们没有理我，继续吵。"

邓伯超邮件二（2010 年冬天在北京进修期间）：

"我在北京是跟群众演员住在一起的，房租每个月一百八十元。

"刚到北京的时候遇到了很多事情，当时我准备给你发短信的，但是一条短信肯定表达不完，后来我手写了好多文字，就是没有整理出来，乱乱的。

"拆迁是亲眼所见了，去的当天遇见一个戏头，后来我才知道是戏头，他们群众演员现在都不是专门干演员了，没事的时候就去做场工干苦力当保安，群众演员就是去充人数……我就被那个戏头给当群众拉去当保安了，不过我没有要钱，我表明了是去帮忙，并不是来北京干活的。我的主页（主业，他在学影视培训班，听说交了三万多的学费，都是借的）是学习，呵呵。当晚凌晨被叫出去，天微亮的时候混杂在队伍里，去拆迁……我在想啊，你们城里人其实一点都不幸福，因为你们就没有根。中国老百姓都不愿意火化，入土为安入土为安啊，也就是对自己根源的一种回归。你们城里人没有根，我作为一个农民是自豪的，虽然我穷了点。哈哈……"

邓伯超的文字跟舞文弄墨的相比，更原始更鲜活有力，和他这条生命最相关。如果世间有文学，我觉得他写的该是今天真正的文学。

梁毅麟

诗人江非来读诗当天，梁毅麟约好了来拍自己的影像作业，过后我和他有非常简短的几句对话。

我说，我没通知你们来听江非读诗，担心要毕业了，没这兴趣了。

他说，这不是他们的错，本本分分读下来的人都会是这样吧。中国的教育最后下来人都会差不多，有人已经把多少岁结婚多少岁生孩子都计划好了。

他的淡然和宽容提醒我，不能只以我的角度去理解别人。

梁毅麟来自广州，一个瘦弱男生，独往独来，常在窗口看见他在荷塘边很窄的堤岸上一个人走，好像下一刻就要落水。迎面遇见他，没有应酬话，直统统就过去了。可梁毅麟的文字在几届学生中最灵动。

最后一课读诗，他先用普通话读，下面一片呼唤：广东话广东话。他停顿一会儿，换成了粤语。粤语在二十年前曾经被北人戏称"鸟语"，现在成了受欢迎的时尚用语。梁毅麟轻声读完第一首诗粤语诗，大家摇头说，太好听了。

梁毅麟读的是叶芝的诗《当你老了》，乔叟的《鸟儿回旋曲》，最后一首是波特莱尔。

在梁毅麟的作业中，关于"梦想"是这样写的：保持正直，清醒和善良，到死。死时能向自己微笑，不对任何人怀有愧疚。

梁毅麟真是个有境界的人。

田舒夏

甜美的田舒夏读二年级，眼睛滴溜溜转，内心里潜藏着和外表不大相称的激情。上课的时候，感觉她随时准备从座位上蹿起来提问。

田舒夏给我看一只 U 盘。新的，她说。原来这 U 盘是校图书馆发给全校借阅图书第一名的奖励。我很感兴趣问她读了多少本书。有人替她答：一个学期两百七十多本。我说多好啊，又看书又得到奖品。田舒夏说她不在意这个，新 U 盘当然好，但是……她觉得那些书并没带给她太多。

田舒夏很容易激动也很容易失望。因为她家乡是河南，我介绍她看《中国在梁庄》，还书时候她说这本书不是她喜欢的，她期待读到优美的文字，在这本书里没有。美和真实，她觉得它们二者有冲突。我一时没想出什么书才合她的要求。很多大学生认为美和真实无关，真实不能写，够书写水准的应当是美文。这肯定和以往的教材只选虚妄美文有关，可见教材害人多深。

期末，田舒夏很兴奋地告诉我，她去听了一场讲座，主讲是外校的老师，讲得很好，她很激动。讲座结束，她跑过去问那位老师，能拥抱你一下吗？当时那老师什么也没说，立刻就张开了怀抱。旁边我们学校的老师看愣了，说了一句：还来这个？

看田舒夏快乐地比画着，想重现那个拥抱过程，我很高兴，在这个边缘地域的岛屿学校，它内敛朴实的风气中，一个小女生能有这种大胆快意的表达多好，这种好，胜过读很多本美文。

田舒夏问我喜欢吃什么穿什么住什么房子。她忽然说：我好想有自己的房子啊，我的房子啊，现在还不知道它在哪。

卢小平

二〇〇九年秋天，我教过他这个班，刚入学的新生。那个国庆假期结束，他给我看了三篇他写的短文，类似杂感和日记，是他去一个亲戚开的汽修店的见闻，描写细腻。他说，他在练笔，强令自己每天完成一篇作品。我建议他别强制性地写东西，有了感觉再写。当时他给我的印象和周围的散漫风气不同，他特用功。

后来，发现他在课上瞌睡。我问他。他说晚上看书太晚了。我说，时间都是你的，你要安排好。他点头。有人说，卢小平发力太猛了，这个课看下一个课的内容，熬夜看书，上课发困。

那年的圣诞节晚上下课，后面扑扑的脚步声，是卢小平追上来，递给我一只苹果，说平平安安。我知道那天晚上校园里卖的苹果有多贵，就想二〇一〇年圣诞一定要给卢小平一袋苹果。

这学期总没见他，几个学生说他挂科了。上课总瞌睡。身体明显比刚入学差。现在忙着打工，在肯德基送外卖。忙得很，下班回来夜里十一点多，自己煮一点白粥喝。

卢小平，江西人，家境贫困，敏感，像个胆小的白兔，晃着无辜的透明的大眼睛。他老远看见我，加紧跑几步，他那么年轻，我和他只谈身体，身体才是本钱。

何　超

关于"诗歌记忆"，何超在作业中说，初中时候，他所在的农村学校唯一一次筹办诗歌朗诵比赛，他很兴奋，从小学三年级课本中选了一首《囚歌》，整日背诵，洗澡的时候也大声朗读。初赛当天，他到台前，把"我要为大家朗诵囚歌"，说成了为大家"演诵囚歌"。年纪小，还不知道说朗诵。没想到被老师喝住说，你连朗诵都不会说，你别念了。他没有读成《囚歌》，后来经过初选进入全校比赛，他们班有人上台正是朗诵《囚歌》，还获了奖。他始终觉得那《囚歌》是他的，是被人给偷去了，一直耿耿于怀。在作业的结尾，何超工工整整全文抄上了《囚歌》，说这首诗他永远忘不了。在诗的后面，还斜飘画着一团云朵做的框。框里写着：

"谢谢老师，重新开启了我对现代诗歌的那份最初的原始激情，今夜我开始读诗，以我自己的方式，以最原始的萌动。

我决定一定给何超机会，他几个月后就毕业，也许今后再不能朗诵诗歌了。最后一课，何超正式上台给我们读《囚歌》。他说：先用当年一个初中生的高亢的"官腔"给大家读一遍，用一个小孩子尽量模仿宣传机器的声音。然后还想再读一遍，用我现在的声音和理解，读方言版的《囚歌》。

我第一次听人用安徽宣城方言读这首老诗，用细碎轻快的齿间音演绎它，急促而细密。

余青娥

我一直觉得青娥是我朋友，不是我学生。想听她讲家乡鄱阳湖的故事，也喜欢她淳朴真切的文字。曾经想帮助她实现去支教的愿望，当时学校对报名支教者提出的要求有提前还贷交上全部学费。她再三犹豫，最后联系在福建打工的父母很艰难地凑足这笔钱。结果，青娥第一轮就被淘汰，理由是普通话不合格。青娥告诉我这个结果时，长叹一口气说，真没想到普通话不过。我能说什么，知道原因不是普通话。

青娥已经毕业了，没能去支教，到三亚一家公司上班。

我曾经问过青娥，每年春运为什么千辛万苦一定要回家。

她说，在别处你怎么打工怎么赚钱吃多少辛苦，老家人是不知道看不见的，只有回到老家，只有这地方人人认识你，春节一到，家家外出的人都回来了，你走在街头，穿上最好的衣服，风风光光地，再叫上几个人在太阳里打打牌，人人就都觉得你在外面混得好，穿得洋气。只有在老家，才没人笑话你土，嫌你脏，说你是乡下人，老家人人都是乡下人。这种感觉只有老家有。

也是余青娥告诉我的，她跟爸爸说到过我，她爸爸让她给这老师送点礼。她说我老师不是那种人。爸爸骂她：什么样的人，礼都是好东西。

余青娥写她家乡鄱阳湖小村子里过年的真切细节，多有想象力的作家都编造不出来。

二○一○年春天，还有她的消息，到秋天她的电话打不通了。

去喜洲

晏子的以退为进

八月去了大理喜洲镇，去看已经工作了的同学晏恒瑶，看她生活得好不好。

晏恒瑶二〇一一年夏天毕业，她父母和每个大学生父母一样，希望孩子能尽快在城里找个稳定的工作，或者离他们近一点，同学们多奔去大城市。唯独她直接去了大理的苍山。

我曾经写过她在大四时候给我讲述在苍山上的茶场，她和一个学天文的南京女孩辨认夜空里的星座。当时我跟她这么说：趁着年轻，可以看更大的世界做更重要的事，等到四十岁五十岁，苍山洱海都还在的呀。临近毕业，她来过邮件说，在学校里没法安心写论文，很快就买了火车票去了已经多次返回去的苍山茶场，她的论文是在山林间完成的。毕业后她又去茶场，这让我有点担心，她还这么年轻，可别成了苍山隐士。当时就想去看看她。

过了大约半年，收到她的邮件说可能下山去一家外国人开的客栈工作，有点怕自己的英语不能胜任。再后来，能在微博上看见她发一张阳光照在洱海上或者鲜艳野花的图，我会打开它，停留多一会儿，想象她这时的心境应该比挤地铁的白领们安详吧。再再后来的一个晚上，看她发微博说她当天在苍山上，和一个外国游客"不知怎么说起了中国的现代诗歌，从海子然后到顾城，喜欢的一首首念给她听，然后一起翻译成英文（幸亏她的中文还行）。她是学艺术的也修过诗歌，但这却是第一次接触中国诗歌，当她不停感叹太棒……最后把自己给读哭了"。于是，我更想看看晏的生活是怎样的。

喜洲镇隶属云南大理，坐火车去，行程起点是深圳。这一路真辗转，在久负盛名的广州火车站乘火车，日夜走了二十多小时到昆明，再转汽车去大理，再转汽车去喜洲。喜洲是个古镇，地方不大，近代文明由商路带动，二战期间从战地武汉迁来的华中大学就落脚在这儿，故事很多。现在留有栖满鸟的大树，树龄几百年，和一间古朴美丽的小学校。出镇子是一片太油绿的稻田，平坦极了的绿色中只有一棵开黄花的葵，不过百米远一堵凝黄耀眼的土墙就是晏恒瑶现在工作的客栈。

还没等问人，她就出现在那间一九四八年落成的老宅前。

有点西式的门楼前，她歪着头喜盈盈地笑着，真好。在这儿她的名儿叫晏子。她挨个介绍她的同事，多是英文名字。而她就喜欢叫晏子，和燕子谐音。和一年半前相比，她变了很多，爱笑了，开朗多了，几天里，常看见她欢快地碎步跑着去处理工作。

在喜洲住了三晚，主要跟着晏子行动，去了她曾经工作的苍山茶场，听着她跟不同国籍的客人说英语，她说口语长进多了。

那天阳光温和，照着茶树们，远方是白晃晃一条狭长的洱海，稍近的是耀眼的从大理城蔓延出去的很多房子。这一带十几年前我曾经经过，完全是安静的乡村呢。眼前是徐缓向下倾斜的山坡，没被过度修剪的粗放的茶树，那天和我们同去的三个家庭分别是来自欧洲的不同国家，大人孩子都跑下去采茶了。我和晏子说话，刚离开苍山茶场到喜洲客栈，遇到心烦，她会一个人蹲到墙外的豌豆田里"猫"一会儿。客栈外围的田地，春天种豌豆，收了豌豆种水稻，现在的稻子正是刚要抽穗的特油绿特茂盛。

我曾经以为，晏子跑到苍山是想逃避。现在，她就在我身边坐着，说真心话，能逃避才是幸福才是境界。从她乡人的角度看，从田里考出去读四年大学，又回到了田里，这书怕不是白读了。但是看了现在安稳而开朗的晏恒瑶，一定不是死啃书本等待高考的那个晏恒瑶了，现在她的内心是敞开着的，有光亮的。

临离开前的傍晚，一起坐在客栈的大露台上，什么都不说，都傻呆呆地，看着平极了的稻田，风都没有一丝。

几个月前，她说过正想做的事有"再生纸印刷，尝试实现酒店用纸全部环保再生"、"客栈有自己的有机农场"、"和上海专门从事环保咨询的，他们的专家来自世界各地，正在尝试做一个更具体的方案"、"布置茶室"。

现在茶室已经有了，很安静的一间小屋，门口有块清凉的褐色石头。

不同的年轻人

亲眼看到晏子的生活，更确信了这世上能走得通的道路不止一条。

晏子所在的客栈叫喜林苑，二〇〇八年，一对在中国旅行的美国夫妇寻找到这座老宅，经过两年修复建成。现在，有十五个能用英语顺畅交流的年轻人在这里工作，有从欧洲留学回来的，有在国外有工作经历的，另有几个美国同事。和大家有简单的交谈，每个人的情况都不同，有个女生读了她同学发给她的短信，说她在这里的生活是"另类"的生活。一个男生很不确定自己的未来，他似乎很想知道一个人是否足够的付出后，就能赚到相应的报酬。能看出来，大家工作得都挺快乐，未来不断的抉择应该会让他们变得坚定和自我认定。

有个美国老师带了十个学生也住在客栈，来当地做环境调查。听说他们离开沉闷的大都市北京到了有水田的喜洲很兴奋。夜里九点多，美国老师还在会议室给学生加课，隔着窗看见学生歪坐在地毯上，老师是个老头。第二天，有个女生二十岁生日，镇上的白族民乐队在天井里演出时专门给她奏了生日歌，女生蒙着脸哭了，是个黑人姑娘。

晏子曾经工作的茶场在苍山半腰，伴着一条溪谷，依旧有毕业了和正在放假的大学生在那儿工作。一个男生是志愿者，教外国游客采茶，一块水泥建筑上是个女生用丙烯画的柔软艳丽的花枝。

甘肃女孩邱敏娟穿着宽宽飒飒的衣服过来，晏子介绍我们认识。邱在大学里读的是早期教育，现在租了一幢房子办了叫"水学苑"的一所学校。问她为什么想到留在这里，她说她家里小时候就有茶树，是茶树的召唤吧。她说，小时候自己家乡也是很好的植被，家里也种茶树，后来，政府规划砍茶树种了果树，来到这里，自然而然就喜欢上了。我想到一年多前下着雨的春天，晏子跟我说到她童年记忆里的家乡："前面是水塘，水塘后面是菜地，菜地后面是房子，房子后面是竹林，在后面是满山坡的茶树，水田在最前面更远处"，这些保留乡间记忆的孩子可能才是土地的真实可信的继承者，她们或者更能在茶树和稻田间得到抚慰。这些走上与众不同路径的年轻人，或者是受了某种故乡感的感召，所谓的故乡要有人气有乡野有各种神奇的故事。

邱敏娟说，有个年轻的大学生看了我的《上课记》，不知用了什么办法找到晏子，找到苍山茶场，自己跑上山来想做个志愿者。邱留她住了两天，正是假期，没什么活儿，只能帮忙打扫卫生，这个生于一九九四年的女孩在离开苍山前问了邱一个问题：一个人坚持自己的想法，能不能养活自己。邱说：能。女孩说：希望过很多很多年，自己也能对提出同样问题的年轻人这么果断地说"能"。然后女孩就下山了。一代又一代人上苍山，能得到这样的答复，它就是一座真正了不起的山。

一个母亲

离开喜洲前，跟晏子要了她妈妈的电话。我准备把看到的跟另一个母亲汇报一下，让她不至于太担心。回深圳后拨通了晏子妈妈电话，听到很沉着的声音，这位妈妈说："从小跟孩子说的就是要像鸟一样，翅膀硬了就自己去飞"，"倒了要自己爬起来"，"天高任鸟飞"，"一个小孩不能限制他，自由就好"，

"孩子要做的事情我总是支持","人就是要出去闯啊,不然怎么知道世界"。这位母亲叫她的女儿晏子是"你这家伙"。我给她描述了晏子的吃和住,她问几个人住一屋?她问是不是晏子瘦了,很少吃肉的,在外面总是要吃好。

晏子说,其实她最开始敢于出去走,就是妈妈的鼓励,大一的假期,想自己去三亚,那是她第一次独自远行,有点怕。"没想到这一走就回不来了",二〇〇九年读大二,晏子自己去了云南丽江大理,后来喜欢上了苍山茶场。

和晏子聊天,说到很多留守儿童的童年,她说她很庆幸,小时候有妈妈陪在身边。本来妈妈也外出打工,后来忽然感觉受不了了,一定要和自己的孩子在一起,妈妈立刻就辞了工,回到晏子和弟弟身边,睡觉前,妈妈给他们讲《格林童话》和《西游记》。

晏子的妈妈电话里说她文化不高,可好母亲不是拿文化衡量的,她给予了孩子最直接的母亲给予,金钱和文化都不能替代。细想这母女俩,在紧紧跟随自己的内心感受上是相承的。而我和晏子也是同一类人,执拗,坚持自己的路向,不喜欢被安排指定干预。我对晏子妈妈说,就这样让她按着自己意愿走,可以放心的。

这位母亲说,是啊,去泰国的机票都订了,今年的十月三十一日。

　　记得在二〇一二年三月给我的信里，晏子说："……想给自己办个护照了。"这九个字看着普通，对这个矮小安静的湖南姑娘意义非凡，将用到她的第一本护照走出这国土。

　　在喜洲说到回海口办护照，晏子看见她属于"集体户口"，现在毕业生的户籍在就读高校保留两年，二〇一三年这个户口就要按规定迁回她的湖南老家。而曾经属于她的一亩土地是不会回来了。

去毕节看清山

缘 起

几年前，在微博上认识了一个湖北的女孩，她大学毕业回了小时候读书的小学校做一名乡村教师，曾经收到她发来家乡下雪的照片：下课了，孩子们在雪地里扔雪球。

我很想知道一个千辛万苦走出来的人怎么样再返回去，回到自己读书的地方给另一群孩子做老师。拖拖拉拉没动身，直到收到她的私信说，她决定辞了乡村教师去上海另谋生路，家人强烈反对，很快，她顶着压力去上海了。也就是在那段时间，听说从海南大学毕业的我曾经的学生清山回家乡做老师了，当时正写《上课记》再版的序言，其中有这么一段：非常想找到更多的同学，比如回老家贵州毕节当了乡村老师的清山，很想知道他的学校附近是不是像他当年作业里写的，真的有一棵香飘全镇的桂花树。

没能一下子找到清山的联络方式，就放下了，拖了快一年，等联系到他，已经是二〇一七年的暑假，赶紧约定九月一开学就去看他。

《上课记2》里有写到清山，他有一张方脸，大眼睛，总是笑呵呵的，总比别人早到教室，默默坐在前排。因为曾经在一九九九年，我去过深圳对口扶贫的贵州毕节织金县访问从深圳去支教的老师，对毕节乡下有一点了解，课后，和清山聊过对乡村学校和贵州毕节的印象，比如吃折根能上瘾。

我知道他一九九〇年出生，父亲是白族，母亲是彝族，他上面好几个姐姐，他父母好不容易才得到他这个男孩。

大一的时候说梦想，清山的梦想是将来在贵州老家有个院子，院子中心有一棵桂花树，一定要是桂花树，一开花，周围的人们都能闻到香，他就想在这喷香的树下，有一把椅子，坐着看书……

早早订票，早早把航班告诉清山，他说他来接我。

在乡下有两辆车的清山

在毕节飞雄机场的人流车流里，我想象着清山会怎么出现，估计得租一辆专门在乡间跑的营运车，听说从机场到他学校七十公里路程，汽车得走两小时。

一辆白色越野车靠得很近，有点意外，清山从驾驶员位置探出头来朝我笑呢，而抢着下车帮我拿包的是个相当麻利的女孩。

赵清山的外貌几乎没变，还是笑呵呵的。事实上，细看才会发觉，毕业三年了，他的变化不小，更结实更镇定，是个成熟的大人了，时间就是中国孩子的成人礼。

帮我拿东西的是清山的妻子杜老师，她和清山都是毕节大方县当地人，二〇一四年她从贵州师范大学毕业，同样回乡，在另一所乡村小学当老师。城市有城市的孤陌寡闻，大多年轻人毕业后想方设法在大城市就业，很少听说回家乡的，真到了乡下，发现选择这条路的并不是一个两个。

偏远的乡村没有交通工具非常不方便，他们贷款买了这辆能跑些山路的车，方便的同时，也背上了贷款的负担。

得说说乡下的车。在毕节下面的县城和小镇经常遇见露天卖车场，好像特别鼓励人们买车。大城市堵车，没想到乡下也堵，赶场的日子，小镇中心拥挤得很，很难找到停车位。车辆行人牲畜走的同一条路，汽车显得最霸道，长声鸣笛，尘土四起。

清山他们有两部车，越野车和摩托车，坑洼颠簸又拥堵的乡村道路，骑摩托车去赶场或者去偏远的乡下学校才更方便。

清山眼睛里有种脆灵灵的闪光，好像藏了什么不一样的东西，可能那是不同于汉民族的某种遗存。他在乡下开车，驾驶位那侧车窗几乎总是开着，随时探头出去和路人打招呼，好像他认识乡野里的每一个人，又总有要聊几句的，完全不是我们在大城市的地铁和商场里习以为常的气氛。

清山把他的汽车开出了乡间的抬轿、拖拉机和马车的效果，这可能是一个曾经离开家乡的年轻人重新获得的只有家乡才能给他的抚慰。

学　校

远远看见竖写着的"中国梦"三个大字在墙壁上，那就是清山的学校，它的周围被快要成熟的玉米田包围着。十几座建筑错落重叠分布在山坡上，高处有国旗和校旗，有在建的校舍，低处有假山喷泉小桥溪水，有心理辅导室，有警务室，有留守儿童之家。

墙壁上写着：办学目标，让孩子走出大山。

这所乡小的前身是一九二二年的一座私塾，一九五七年建成小学，现在有学生一千零五十三人，包括戴帽初中，是有学生寄宿的学校。

清山大学毕业回来时，他的母校和我现在看见的差不多，都是新建的校舍，他读书时候的老瓦房不见了，对于他，家乡变化最大的就是学校。从高处的宿舍下去教学区，一路上他指给我看桂花树，哦，正开花，香气浓重，是金桂。

见过不少乡村小学，这所学校规模最大。一下课，大操场满是学生，教学楼的楼道被踩得打滑发亮，是多少人多大的脚力磨出来的，莫名其妙地想到"铁杵磨成针"。

每天有固定的时间，校园里的喷泉自动喷出水柱，不过，没见人去欣赏，好像学生们对喷泉的存在习以为常。原本和清山约定去参加他班上的班会，可忽然大喇叭通知学生们到操场上练队形，班会只能取消。其实也没看见练什么，一直有人用方言训话，反反复复的两个老师轮番说，完全听不懂。学生们好像也没有认真听，队伍后面有些小男生嬉笑推搡打闹，个子真矮。

这个学校的喇叭非常非常响，像被那响声给电着了一样，震动，它用这个表达着它的权威。

感觉学校管理挺严格，在老师宿舍窗口，偶然看见两个小男生猫着腰偷偷往山坡上跑，手里捧着泡了热水的方便面，在后坡上找个偏僻角落，他们坐下吃面，一抬头，发现我们几个正在五楼上看他们呢，看来那碗面是只能偷偷享用的天下第一美食。

上课的时候异常安静，校外的路上半天没有行人，校门口没有吸引学生的各种小食摊。空旷的操场和周围的玉米田里飘荡着读课文的童声，渐进的激昂，加速度再加速度，读得越来越快，气喘吁吁跌跌撞撞，快上不来气了。

问清山这所学校的特点是什么，他说不挑拣，什么学生都收，这也许就是古人说的有教无类吧。

跟清山去看一个不可替代的学校，他就是这么介绍黑塘小学的。

高底盘的车才能走的颠簸的山路，周围都是绿的，烟叶和玉米簇拥着这所学校，它曾计划撤校，但家长们反对。住得最远的学生，上学要走山路四十分钟到一小时，每天走一个来回。

学校有六个班，分别是学前班、一、二、三、四、六年级，一共一百八十二个学生，超过一半是彝族和苗族，学前班里最小的只有三岁多，因为家里没人照看，直接送学校了。和清山的学校比，它是典型的村小，自然质朴，规模小多了。

一间教室里两个不同年级的学生上课的"复式班"现在在这个乡里也还存在，只是我这次没机会去看。

黑塘小学学生上课都在两层楼的新校舍，对面的老校舍一九九二年造的，已经宣布为危房，企业援助盖了新校舍，但教师办公住宿和厨房图书馆都还在危房里，露天的长走廊连接着几间教师宿舍和办公室和教师食堂，风格不太一样的是教师办公室，城里捐来了办公椅办公桌，女校长形容只有这儿是"豪华"陈设。上了楼的第一个房间就是女校长的家，房中间有个婴儿学步车。校长的孩子很小，有时候她得背着孩子去上课。

细看新校舍里的教室相当于裸室，除了桌椅和挂在前面的黑板，其他什么都没有，学前班的墙上多了一张画，显得突兀。真正栩栩如生的只有孩子们不太干净的脸，正是课间休息，没有遇见老师，矮小的孩子们眼珠骨碌碌转，见到陌生人，赶紧躲避，都紧张都不笑，那么小那么忧心忡忡，只有恢复了熟悉的人熟悉的环境，他们才会自如快乐吧。

学校厨房里有两个阿姨，一个在洗白米，一个在切瓜，这就是国家免费午餐计划，每个人每顿国家拿出三块钱，使孩子们能吃上有肉的三菜一汤的午餐，这个计划在国家级贫困县实施，按照二〇一二年的统计，全国有两千六百万学生受惠，清山的学校也在内。厨房外操场边，几张长桌排开，是中午给学生分发饭菜的地方。校长说美中不足是下雨天不方便，有人淋雨有人打伞来领饭菜，找各种避雨的角落去吃，学校没有多余的房子做饭堂。

就是这座处处能看见社会资助的小学，两层新楼正中的校名，企业的名称写在黑塘两字前面。二〇一六年，一个曾经在这儿读小学的女生考上了清华大学，无论是校长说起这事，还是我们听到这事，都像神话传说一样。

去清山的家

《上课记2》中的《2011年上课记》里写到过我们的诗歌课上读了云南诗人雷平阳的长诗《祭父贴》片段，下课后清山发来短信说他流眼泪了，想到自己的父亲。

我问过他父亲的年龄，他脸色有点黯然地说：一九五二年的。

我说还很年轻呢。

他说："显老，头发都花白了……"

相隔一星期，收到他的邮件，写到小时候去上学：

"……上学的孩子真苦，比我离学校更远的孩子基本上都是在凌晨五点就从家里出发，不管是春夏还是秋冬。冬天最艰难，得早早离开温暖的被子，穿上厚厚的衣物，带上午餐出发。没有手电，我们把干燥的竹节敲碎，草草弄一下就是一根火把，然后就像一个个英勇的武士向前线开拔了，于是狭长而蜿蜒的山道上都是我们这些武士，也是这些武士撑起整个农村的希望。"

辛苦又寒冷的上学路，被写出了一点英雄气概。

清山开车走的正是这条狭长蜿蜒有无数武士影子重叠的山路。他家里刚盖好的新房正在装修，我们先去镇上买了一些瓷砖才上山。

他父母在泥屋前剥玉米，阳光照着沉实的棒子和白亮的玉米皮，屋前晾晒着贵州红辣椒。旁边新起的两层楼就是他们的新家了，参观新屋，来到清山未来书房的大落地窗窗口看见远山，他说，这房子全是他自己设计的。

新屋后有过去熏烟叶的屋子，养了七头猪，一个超大的塑料白桶，里面盛玉米粉，旁边是粉碎玉米的小电磨。七头猪一天吃三十斤玉米粉，一头猪养到三百斤，大约卖得出两千元。我们说话的时候，一只小猪靠在铁栅栏上磨它的长嘴巴。

清山早早移过来了两棵树，都栽好了，银杏桂花各一棵，另外，还有原来的李子柿子核桃，围绕着这个在旧房基上新起的新居。他父亲说，贴好瓷片就装灯，看样子，到春节一家人能踏踏实实住上。

他的姐姐们都嫁出去，父母身边只有这儿子，中国的传统观念把他们联系得超出一般想象的紧密，而且，好像经过了一次无意识中的自然移交，儿子已经成为一家之主，比如起房子这样的大事是他说了算的。如果毕业后清山留在城市，在这么偏远的地方，两个老人很难起一栋新房子。回乡的决定常常不只取决于一个人。

老师们

当年教过清山的老师现在还留在学校的只剩三个，其余的都不在了，学校五十多位教师以年轻老师为主，而且都是有学历的。选择回乡教书或到乡下教村小并不需要高大上的理由，但是一定有非常具体的根据，拿现在的乡村学校和整个乡村的萧条比，学校代表了相对平稳有保障和受尊重。

清山回忆过他读书时候一个老师激励学生的话就是"好好整"，现在的年轻人不一样，他们把新的理念带到了乡下。学生也很关心外面的世界，他们问清山在哪儿上大学，清山说：在海南。学生会问：海南是不是很热，水果是不是很便宜。

学生们还说清山不骂人，而老教师还会像家长一样吼学生。

清山请我和他的同事们一起吃饭，有他做班主任这个班级的语文、外语、历史老师，也有另外几个他的年轻同事。没有酒，也没有多余的客套，大家坐下开吃，吃完就各自回家。其中有从云南和河南来的两个男教师，他们不是回乡也不是支教，大学毕业就来乡下做乡村教师了。

挨着我坐的是语文老师，进门时，她身前捆着白净净玻璃一样透明的小女孩，后来，女老师们帮她卸下孩子，她给刚八个月大的女孩喂白米饭和鸡蛋，她说她喜欢清山这个班，喜欢这个班的孩子。

而外语老师说清山：幽默，爱开玩笑，不批评同学。

她说，她也想幽默，但是，这样老师同学都会觉得她不厉害。

平时，他们并不是手机不离手，到处都没有 wifi 信号。

更偏远的学校缺老师，清山的一个同事每周去那边教体育音乐美术和英语，所有这些课，都是他一个人上，一个 90 后，和城市街头青年没两样，耳朵上夹一根雪白的烟卷。这位老师也有自己的车，但是底盘太低，走不了山路，得向清山借摩托骑。

清山的努力

清山刚工作时教四年级，然后教五年级，第三年继续教五年级，现在教七年级，就是戴帽的初一。他是文学院毕业，回乡教的是数学课兼做班主任。

九月初，正是新学期新生刚入学，有的从临县来，有的从更远的地方来，刚住校，是最想家的时候，老师就得格外多用心。

每个老师都有分配到人头的留守学生，每人负责五个，用清山的话说，又当爹又当妈。平时学生家里用电用火安全要管，代取学生家长的快递，有家长直接把生活费交给老师，由老师按月发给学生。有一天中午，学校通知所有老师在午休时间开会，后来听说会议内容是关于留守儿童。

清山说，现在只要想读书，乡下的孩子不会因为贫困辍学。

可靠读书走出去实在不轻松。

清山宿舍里有张办公桌，是淘汰下来的学生课桌，桌面被钻了四个贯穿的洞，得一点点用利器挖，日积月累才能获得那么大的洞，可能不是一个学生的功劳，得靠几代人前赴后继。

在清山宿舍晚餐，两个女生帮厨，然后一起吃饭，她们从没跟陌生人一起吃过饭吧，一个女孩始终不敢抬头，不敢夹菜，只盯着抱在怀里的饭碗，这个学期她刚转来，又住校，很想家。另一个是清山堂姐的女儿，曾经考过全乡第一名。清山说，在本校她已经很优秀，但是和城里的孩子比，"城里的站在那里就很自信，她还不行。"小姑娘眨眼听着，笑嘻嘻的，好像不是在说她。

清山让她们俩用普通话打个招呼，这实在太为难，说不出口，好像那是和她们完全分离的语言。

宿舍的墙上有一幅学生画的字画，写着"中秋快乐"和两个大字：感谢。笔迹天真可爱，是一个成绩很好的叫王瑶的苗族学生送的，其中有这么一句：你是一个好老师……听说这个学生想外出打工，清山劝她留下读书，她答应了，赵清山对她说：你不读书，我一下子就看见你的未来了。可后来她还是没再来上学，现在清山还在找她的父亲，想问到她的电话，想她还能回到学校。

说到"一下子就看见你的未来了"，有点悲壮，只有面对面听到清山这么说，才能确切真实地感受到那种悲壮。

原定的班会拖后了两天。

教室门口挂着清山的照片和穿整齐校服的全班学生的合影，他和他的学生们一本正经高高摆在墙上，其实他们挺活泼，短短几天，不止一次听学生说，清山就是他们遇到的最好的老师，我最喜欢听这话了。

这个学期教室装了多媒体设备，只是清山还没拿到开机的钥匙，他已经在计划给他们看点什么了。

上课了，清山开始讲话，我坐在教室后排，前面一个男生的校服背后白色部分有手写的字"友谊"和几块圆珠笔的涂鸦。

班会很轻松，我们想到哪儿说到哪儿。

问这些初一学生，读过课外书吗，超过一半举手，另外那少半没读过任何课外书，后来在一份小答卷中被证明了。

谁家有书超过十本？

举手的也有一半。

家里有一百本书吗？

三个人举手。

都是什么书？

其中一个说：养生。

整个班会，学生们听得格外用心，好像懂了，懂得挺深，又好像都没懂。

到了问问题的环节，个个又好奇又认真，只是还没适应主动发问和发现问题。一个女孩起来问：你来这么远，就是为了上今天这堂课吗？

来这么远究竟想做什么和能做什么，在动了去毕节这念头的前后，都没有细想过，但是如果这次不去毕节，我会越来越想知道清山和像清山一样的年轻人究竟为什么会回乡做教师，我的学生一般都知道我总是希望他们走得越远越好。现在，我开始理解清山了。

在别人理解的穷乡僻壤，清山做的都是日常小事，没任何惊天动地的，但是真实和实际，顺应他的个人需求，也顺应他的妻子父母同事学生乡邻，哪怕他将来选择做其他事情，离开家乡去另外的地方，也是同样的道理，一个读过一些书见过一些世面的年轻人，他的言行举止没有背离他逐渐坚定起来的内心，他能在自己的选择里看见可期待的未来，就是好的，合情理的。